ブラン
食いしん坊な人の言葉を話す
聖魔狐。アルとは幼いころに
出逢い、それ以来相棒として
連れ添う。美味しいものには
目がない。

『出会った人というと、レイやアカツキか。後はソフィアなんかも』

「そうだね。旅に出る前は、あまり人と関わらなかったから楽しいよ。レイさんは、気さくでいい人だし……元王子様ということには驚いたけど」

『アルも似たようなもんだろう。……だから、気が合ったのかもしれんな』

「そうだね。アカツキさんはハチャメチャだけど、いるだけで楽しいし」

『うるさいの間違いではないか？』

「ひどい。ちょっとそう思わなくもないけど。――ソフィア様はなぁ。やっぱり、いいことだったな。コメもそれなりに気に入っているぞ。ドラグーン大公国の、アンニントウフやらタンタンメンやらの独特な味付けも旨い！　それと――』

次々と食べ物の名前が出てくる。ブランが楽しそうで、アルも嬉しくなってきた。

『――ああ……久しぶりにフランベリーを食べられたのは、嬉しかったな』

ブランがフランベリーを採ってきて、クッキーを作るようねだった時のことを、アルは思い出す。

「僕たちの出会いの思い出の味だもんね。ブランが憶えていてくれたこと、僕も一緒にいたら、なんだって楽しくなりそう」

アルは未来への期待感を胸に抱いて、そっと目を閉じた。

旅路を彩るのは

　就寝前のひと時。アルはふと浮かんだ質問を、枕元で丸まるブランに投げかけた。

「ブランは、これまでの旅で、何が一番楽しかった？」

『旨い物を食うことに決まっておろう』

　即座に返ってきた言葉に、思わず笑う。分かりきった答えだった。

「だと思った。僕は、色んな人に会ったり、知らない文化を経験したり、食べ物以外も楽しんでいるけどなぁ」

魔道具好きの同志っていうのが、いいのかも。リアム様は……出会って楽しかったと言えるか分からない」

『あれのことは忘れてしまえ！』

　ブランは相変わらずドラゴン嫌いのようだ。

　機嫌を損ねてしまったので、アルは話を変えることにした。

「ブランは美味しい物を食べるのが楽しいんだよね？」

『うむ。魔物の肉や果物はもちろんだが、ショウユとかミソとかダシとか、今では欠かせん味に出会ったのは嬉しかったよ」

『忘れるわけがあるまい。我にとって、一番旨い食い物なのだ』

「ふふ。また作ってあげるよ」

　嬉しいことを言ってくれるブランに、アルは笑みを零した。ブランと共にいられることが、何よりも幸せだと感じる。

「――これまでの旅、楽しいことがいっぱいあったね」

『ああ。だが、これからもきっと楽しいぞ！　旨い物を、もっとたくさん探すのだ！』

「ふふ、そうだね。ブランと

アル
『剣に向かない身体つきをしているから』という理由で王女から婚約を破棄され、それを機に公爵家から離れ相棒のブランと旅に出ることに。

森に生きる者

~貴族じゃなくなったので自由に生きます。莫大な魔力があるから森の中でも安全快適です~

THOSE WHO LIVE IN THE FOREST

4

Author ゆるり
Illustrator ひげ猫

プロローグ

深い森の中にポツリと開けた土地。そこには畑に囲まれた一軒の家があった。

今は春の盛りである季節。畑では可愛《かわい》らしい桃色の花が風に揺れ、ほのかに甘い香りが辺りに漂う。

畑には、まだ作物が植わっていない場所も多かった。雑草ばかりが生えるその場所で、少年が精力的に作業を続けている。雑草の合間に白い獣の姿もあった。

少年の名はアル。白い獣は聖魔狐《セントフォックス》という魔物で、名はブラン。

二人は遠い母国グリンデルから旅をして、ドラグーン大公国に辿《たど》り着《つ》いた。そして現在は、その国の近くにある魔の森に自分たちの家を建て、生活環境を整える作業中だ。


ブランは猛然と土を掘り返しては、口にくわえていたものを穴の中に落とす。後ろ足で土を掛けて穴を埋めると、移動して再び穴を掘る。それを三度繰り返すと、アルの脚に衝突して停止した。汚れた手足をアルのズボンに擦《こす》り付《つ》け、体に掛かった泥を身震いで振るい落とす。

「……ブラン、僕の顔に泥が飛んできたんだけど。ズボンも泥まみれになっちゃったよ」

『我は頑張った。そろそろ飯にしよう』

アルは、謝りもしないブランにため息をついた。しかし、朝から畑仕事を続け、そろそろ休憩をとる頃合いなのも事実。空高く昇った太陽を見て、ググッと腰を伸ばす。

アルが提案を受け入れたことを察したのか、ブランが嬉《うれ》しそうに尻尾を振って、家へと駆けていく。アルはその後を慌てて追って、ブランを抱き上げた。

「まずはお風呂です」

『は!? なんでだ、飯を食うんじゃなかったのか!?』

「泥まみれで家の中には入れません」

『やめろっ、洗うな！ 水は嫌いだー！』

家の裏手の扉から浴室に直接入る。アルは暴れるブランを押さえつけ、少量のお湯を張った浴槽に突っ込んだ。アルを泥だらけにした罪で、ブランは泡まみれの罰である。

瞬く間に泡でモコモコに覆われたブランが、悲しそうに情けない鳴き声を上げた。

「はいはい、泣かないの」

『泣いてない！』

「お湯で流して乾かしたら、ご飯の準備をするからねー」

『泣いてないから、子ども扱いするな！』

「はいはい、良い子良い子」

『……』

アルはブランの文句を聞き流して作業を終える。完全に拗《す》ねた様子のブランを乾かして、浴室から放り出すと、恨めしげな目で睨《にら》まれた。そろそろ洗われることに慣れてほしいのだが。

肩をすくめたアルは、自分も体を洗うため、浴室の扉を閉めた。体を洗っている間もずっと磨《す》りガラス越しに視線を感じて、折角浴槽にお湯を溜《た》め始めたのに少しも寛《くつろ》げない。お湯に浸《つ》かることを諦めて、アルは渋々体を拭いた。

四十六．謎との出会い

体を清めたら、ブランがお待ちかねだった昼食の時間だ。

「今日の昼食は採れたて野菜の炒《いた》め物だよ」

『草はいくら炒めようと草だ！　疲れた時には、肉が良《い》いらしいぞ。肉をくれ！』

「ブラン用の昼食は、野菜炒めのほぼ肉バージョンです」

『ならば良し！』

「え、マジ、狐君、肉の山じゃん。羨ま——」

ブランの皿を見て、何かを言いかけたのはアカツキだ。アルたちにとっては、友達兼同居人のような存在である。今は艶のある黒い毛並みで、イタチのように細長い獣の姿だが、本来はアル同様に人間の見た目をしている。どういうわけか、アカツキの家といえるダンジョン以外では、獣の姿しかとれないのだ。

ブランがアカツキにチラリと視線を送る。

『何か文句でもあるのか？』

「……いやー、野菜いっぱいなのもたまには良いですよね！」

アカツキはブランの威嚇にあっさりと押し負けた。アルは苦笑しながら、アカツキ用の皿を指す。

「アカツキさんの分にも、ちゃんと肉が入ってますよ？」

「あ、ほんとだ。ご飯も下にある！　野菜炒め丼にしてくれたんですね。ありがとうございます！　それでは、いただきます！」

料理を一口食べたアカツキが毛を逆立てた。それを見て、アルは少し心配になる。

体に影響が出るような物を使ってしまったのだろうか。アカツキの今の獣の体がどういうものなのかよく分かっていないので、念のため人間が食べるものより少し薄味にしてみたのだが。

「う、美味《うま》い……！」

アカツキの異変は美味さ故だったらしい。心配をして損した。

『この味付けはなんだ？　ちょっとピリッとするが、ミソみたいな味もするぞ？』

「街で仕入れた香辛料とミソを混ぜたタレだよ。辛みは控えめにしてみたけど、大丈夫そう？」

『うむ。旨《うま》いぞ！』

「これは回鍋肉《ホイコーロー》に近い……？　とにかく美味いっすね！」

アルも食べてみて、満足のいく出来に頷《うなず》く。一から自分で考えて調味料を合わせたが、天才的な仕事をしてしまったかもしれない。

「アルさん、マジでこれ、店できますよ！　一流の料理人さんです！　日本の店でアルさんの料理が出てきたら、たぶん毎日のように通っちゃいます！」

『アルは料理人になるつもりなのか……？』

アカツキの興奮気味な言葉を聞いたブランがピタリと動きを止め、アルを窺《うかが》うように見てくる。一体何を心配しているのやら。

「料理人になるつもりはないですよ。僕は食事が好きなので、美味《おい》しいものを食べたくて料理を研究しますが、不特定多数に提供する考えはありませんからね。ブランやアカツキさんが美味しく食べてくれるなら、それで十分です」

『そうか！　うむ、これからも精進すると良い』

「アルさんが店を始めちゃったら、俺が食べられなくなるかもしれませんもんね。アルさんはいつまでも、今のままでいてくださいい！」

ブランの偉そうな言葉とアカツキの切実さに満ちた言葉にアルは苦笑する。両極端な態度だが、言っている内容は似たようなものだ。

「はいはい、美味しいものを作れるように頑張ります」

『夕飯はショウユを使った肉料理がいいぞ』

「ショウユか……」

「醤油《しょうゆ》？　何の話です？」

アカツキがブランの言葉を聞き取れないのを、アルは最近もどかしく感じる。ブランに視線を送っても素知らぬ顔だ。ブランはまだ、アカツキと直接言葉を交わすつもりがないらしい。

「夕飯はショウユを使った肉料理にしようと思ったんですが、何を作るか考えものだな、と」

「醤油を使った肉料理……。あ、もうだいぶ暖かくなってきちゃいましたが、鍋料理なんてどうですか？　すき焼きっていうんですけど」

「スキヤキ？」

料理名を呟《つぶや》くと、アカツキがキラキラした表情で語りだした。これまで聞いたことがなかったが、随分と気に入りの料理のようだ。

アカツキ曰《いわ》く、スキヤキとはショウユと砂糖で作った甘めのタレで、肉や野菜を煮込んだものらしい。それだけでも十分に味が効いて美味しいのだが、溶いた生卵にくぐらせて食べるのが、贅沢《ぜいたく》で幸せの味なのだとか。

「生卵？」

「あ、やっぱりそこに引っ掛かります？　うちのダンジョンで採れたての卵を使えば、お腹《なか》を壊さないし、美味しいですよ！」

「そうですか……」

『我はその生卵付きで食ってみたいぞ！』

ブランの尻尾が激しく振られている。アカツキの説明を聞いてよほど食欲が誘われたのか、口の端から涎《よだれ》が落ちそうになっていた。アルが手巾《ハンカチ》で拭いてやると、ブランは恥ずかしさを毛繕いで誤魔化し始める。

「卵がなくても美味しいみたいだし、とりあえず作ってみるかな」

「やったぁ！　すっき焼き〜。すき焼きって何故《なぜ》かワクワクするんですよねぇ」

「へぇ、何か思い出の味なんですか？」

「……それは思い出せないんですけども」

配慮のないことを聞いてしまった。アカツキは過去の記憶のほとんどを失っているのだ。

少し暗くなった雰囲気を変えるため、アルは調理場で冷やしていたものを取りに行った。

「食後のデザートに作ってみたんですが」

『お、これ、見覚えがあるぞ？』

「こ、これは、杏仁豆腐《あんにんどうふ》様！　俺大好きです〜」

一瞬で空気が変わった。デザートは偉大だと、アルは改めて実感して、笑顔で取り分けた。

『おお、屋台で食ったのより、ミルク感が濃厚だな！　我はこちらの方が好きだぞ！』

「う、美味い……。やっぱりアルさんは天才。回鍋肉でちょっとこってりした口に染み渡るような優しい甘さ。完璧なメニューですね！」

「気に入ってもらえて良かったです」

暫《しば》し甘味を楽しみながら歓談し、食べ終える頃に、アルは言い忘れていたことを思い出した。

「あ、午後からは森を探索する感じで良い？　そろそろお肉補充したいし」

『もちろんいいぞ！　旨い肉を狩ってやろう！』

アルの提案に上機嫌になったブランとは対照的に、アカツキはピタリと固まった。アカツキにとっては思いもよらない提案だったらしい。だが、折角自分のダンジョン領域外に出られるようになったのだから、アカツキはもっと世界を楽しんでもいいと思う。

「お、俺は、戦えるか分かりませんし……」

「そうですね。でも、魔物の退治なら僕もブランもできますし、アカツキさんは観光気分でいいと思いますよ？」

「魔物退治は観光じゃないぃー！　ダンジョン内では俺がマスターだから、いかに人望がなかろうと、魔物に襲われたことないんですよ⁉　いきなり生死に直面する現場に居合わせるのは、精神的に無理ぃー！」

ダンジョンでは冒険者が亡くなることもあっただろうに、アカツキは何を言っているのだろうか。アルはアカツキの倫理観をあまり理解できない。だが、純然たる好意での提案が、アカツキにとって余計なお世話だったのはよく分かった。

「無理強いするつもりはありませんよ」

「良かったぁ。じゃあ、ご遠慮させてもらいます。……あ、でも、街中へのお出掛けなら大歓迎です！」

キラキラとした目を向けてくるアカツキに、アルは首を傾《かし》げた。

「街に行く際も、魔物との戦闘は避けられませんけど？」

「……ハッ！」

アカツキが絶望に満ちた表情で固まった。街に行くには、魔物がうろつく森を進む必要があることに、今更思い至ったようだ。

「せ、世界は、俺に厳しすぎる……。俺が一体何をしたと言うんだ……」

『魔物と対峙《たいじ》するくらいで何を言っているんだ。精神赤ん坊か』

ブランが呆《あき》れた表情でアカツキを叩《たた》き始める。

「ちょ、いたっ！　なんで、俺、叩かれてるの？」

『軟弱な精神を叩き直してやってるんだ！』

「ウグッ、それ以上は、吐く……！」

「ブラン、掃除が嫌だから、そのくらいでね」

『これくらいじゃ矯正できまい』

不満そうながらも手を止めたブランから、アカツキが一目散に逃げだした。

「俺ダンジョンに行ってきます！　夕飯時には帰ってきますね！」

慌てた感じで言い放ち、すぐに転移で消えたアカツキの残像に、アルは目を瞬《しばた》かせる。

「……いつからここがアカツキさんの帰ってくる場所になったんだろう？」

『ここは我とアルの家だぞ！　勝手に帰ってくる場所にするな！』

怒っているブランの声は、果たしてアカツキに届いたのだろうか。

食後、森の探索を開始すると、ブランが生き生きとした雰囲気で木々を跳び移るように駆けていく。いつもはアルの肩の上にいるのに珍しい。アルはその様子を時々確認しながら、魔物の気配を探し歩いた。

『おお？　こっちに何かの実があるぞ！』

「ブラン、今日はやけにはしゃいでいるね」

『春だからな！』

「……その理由はよく分からないんだけど」

春を感じるのは今日が初めてのことではない。何故ブランのテンションが高いのかは結局謎だ。見つけた果実に夢中になっている姿を観察しても、答えを得るのは難しそうだった。

『これ、一番熟れていそうじゃないか!?』

「……食べてみたら？」

『お？　アルがそう言うのは珍しいな』

もぎ取った果実を見せてくるブランにアルが試食を勧めると、不思議そうな顔をされた。確かに、食べすぎを咎《とが》めるばかりで、食べることを勧めることはあまりなかったかもしれない。

ブランが見せてきた果実は鮮やかなオレンジ色だった。ブランは苦心して厚い皮を剥《む》いている。中身は皮よりも赤みがあり瑞々《みずみず》しく、見るからに美味しそうだ。

樹上にいるブランの手から落ちてきた皮と果実の欠片《かけら》を手のひらで受け止め、軽く香りを嗅ぐ。

これは、やはり――。

『ぬあぁっ、すっぱい！』

食べてすぐに、強烈な酸味に悶絶《もんぜつ》したブランが木から落ちてきた。予想の範囲内の出来事だったので、アルは慌てずしっかりキャッチする。

「だよね」

『だよね、だと⁉　知っていて、我に食わせたのか⁉』

「だって、これこっちの方を食べるものだもの」

ブランが剥いて落とした皮の方を示す。厚い皮の内側は白く柔らかなものに覆われていた。ブランの口にそれを近づけると、酷《ひど》く疑わしげな眼差《まなざ》しを向けてくる。軽く首を傾げて促すと、念入りに匂いを嗅いでから小さく噛《か》みついた。

『う、旨い！　なんだ、この、芳醇《ほうじゅん》な甘みは⁉　ふんわりしていて口の中でとろけるぞ！』

「ココナっていう果実だよ。僕も実際に見たのは初めてだけど」

ココナはブランのお気に召したらしい。地面に落ちた皮まで拾って食べ始めている。

『中身が酸っぱいのは残念だな』

「中身も使い道あるよ？　ジャムにしたり、調味料に使ったり。熱を通すと一気に甘みが増すらしいし」

収穫を考えているのか、樹上の果実を見定めているブランにそう言うと、キラリと目を輝かせて幹を駆け上がった。大量収穫の予感がする。アルはココナを仕舞う用の大きな麻袋を用意した。

『あ〜らよっと、こっちも、ほ〜いさ〜』

「変な掛け声で投げてくるの、やめてくれない？」

上機嫌で動き回るブランには、アルの抗議は届かなかったようだ。アルは次々に落とされる果実を袋に入れながらため息をつく。

――シュルッ。

小さな違和感を覚えた瞬間に、アルは剣を振り抜いた。衝撃と共に、刀身に絡まる蠢《うごめ》く蔦《つた》に目を止め、そのまま剣に魔力を籠める。蠢いていたものが、細切れに切り裂かれるようにして落ちていった。

魔力を少し籠めるだけで対処できるなら、それほど強いものではないのか。だが、ブランの高い感知能力さえ越えて近づいてきたのは警戒に値する。森において感知能力が高まる特性を持っているブランにとって、ここは独壇場といえる場所のはずなのだから。

「ブラン、魔物がどこか分かる？」

『……姿は見えん。だが、気配は向こうだ』

アルの横に降り立ったブランが鼻先を前方に向ける。アルも注視してみるが、木々が邪魔をしているのか、魔物の姿はおろか気配さえも全く窺えなかった。

「気配を追えるんだ？」

『……油断していたから最初は気づかなかったんだ。悪かった』

ブランはいつだって偉そうにしているのに、今は自分の失敗を心底悔いているのか、やけに落ち込んだ様子である。先ほどまでご機嫌に振られていた尻尾も力なく垂れていた。

アルは地面に膝をつき、ブランの頭を軽く撫《な》でる。

「これからは、食べ物に夢中の時でも、警戒を怠らないようにしようね」

『当然だ！』

ブランが尻尾を一振り。瞬く間に一メートル程の大きさに変化《へんげ》し、グルッと唸《うな》る。未《いま》だ姿なき敵に、苛立《いらだ》ちが募っているようだ。チラリと見上げてくる目に、アルは肩をすくめて小さく頷いた。

ブランが目にも止まらぬ速さで駆け出す。アルもその後を追うように走り出したが、すぐにブランの姿は見えなくなった。ブランが速すぎるのだ。こんな状況だが少し感心してしまう。

――シュルルルッ。

「やっぱり、来たね」

アルの狙い通りに、蠢く蔦が襲いかかってきた。それを再び剣で防ぐ。蔦が剣に巻きついた状態で力を入れると、それ以上の力で引かれ、体が持っていかれそうになった。なんとか踏ん張って今は耐えているが、この状態はあまり長く保たないだろう。

だが、この魔物を相手にしているのはアルだけではない。

『我を忘れるなよ！』

アルからは見えない木々の奥から、相棒の頼りになる唸り声が聞こえてきた。それだけで、既に魔物の命運は決まったようなものだと、少し体の力を抜く。

「どんな魔物か確認したいから、原形を留《とど》める感じでお願いー」

『注文が遅い！』

「うわっ、盛大にやったね……」

アルが声をかけてすぐに、ブランの姿が木の陰から現れた。口に黒焦げの物体をくわえている。いつの間にか、剣に巻きついていた蔦も、力なく地面に落ちていた。

そのすぐ近くに黒焦げの物体を下ろされたので、周りを歩きつつ観察してみる。ブランは口に残った炭の味を吐き出すように、地面に唾を吐いていた。

「う〜ん、これはなんだろうな。完全に炭化したせいで、鑑定しても炭って出てくるんだけど。蔦の方は――何かの蔦ってことしか分からないや。鑑定って変なところで不親切だよね」

『蔦を辿って魔物の位置は捉えたが、姿は見えなかったぞ。とりあえず火を吹いたら、炭になったこれが現れたんだ。隠密《おんみつ》に特化した魔物だろう。蔦を不可視化できないところは対処のしようがあっていいが、面倒くさいな』

言葉通り面倒くさそうに顔を顰《しか》めているブランだが、規則的に揺れる尻尾が、未だ警戒を怠っていない状態であることを示している。

この炭化してしまった魔物は、アルが一人の瞬間を狙ってきた。アルがわざと隙を見せるように地面に膝をついても一切反応をせず、ブランが離れた瞬間に襲ってきたのだから、それは確実だと考えていいだろう。それだけの知能がある魔物だったということだ。

「また狙ってきた場合、どれくらいの確率で事前に察知できる？」

『二度の失敗はない』

「さすが、ブラン」

自信満々の返答に、アルは素直に褒《ほ》め称《たた》える。それで気分が上向いたのか、軽やかにブランの尻尾が揺れ始めた。

『だが、姿が見えないのは厄介だった。気配だけで攻撃するのは難しい。今回は蔦が目印になったから良かったが、毎回アルを囮《おとり》にするわけにもいかん。広範囲に火を吹くのは、少々気が咎める』

「そうだよねぇ」

ブランの言葉は過不足なくこの魔物の能力を評価していた。魔物自体は強くない。アルの剣でも、ブランの火や爪でも容易に倒せるだろう。だが、不可視性というのが、思った以上に厄介なのだ。

「とりあえず、明日ギルドでこの魔物の情報を集めてみるかな？」

『ギルドにこいつの情報があるのか、我は疑問だがな。完全に初見殺しの魔物だろう。こいつに狙われて生還できる人間がどれ程いるものか』

「そうだよねぇ。ここ、だいぶ魔の森の奥だし、地元の冒険者もあまり来ない所かも」

『ちょっと奥まで来すぎたな。果実は惜しいが、そろそろ帰るか』

ブランは一瞬ココナの木に視線を向けたが、それを振り切るように深く息をつき、軽く身を屈《かが》めた。

『たまには乗せてやる』

「本当に珍しいね」

『気が向いただけだ』

アルはそっぽを向くブランの頭を撫でてから、その体に跨《また》がった。ブランが一刻も早くアルを正体不明の魔物の生息域から引き離そうと思ってこの提案をしたことは、言葉で言われずとも分かっていた。

口では色々言いつつも、心配性で過保護な相棒なのだ。

『あ、夕飯の肉は確保できているのか!?』

「ここまでの道中で十分に狩ったでしょ」

『ちっこいものばっかりだったではないか！　よし、大物も見つけて狩るぞ！』

「帰るんじゃなかったの……？」

アルのささやかな抵抗は、張り切って速度を増したブランの足を緩めるには、あまりに力ないものだった。


ブランに騎乗しての魔物狩りで、アルは酷い目にあった。アクロバティックなブランの動きに翻弄されることになったのだ。ブランの体に自分を固定するための、風の魔力を操る技術が格段に向上した気がする。

駆け抜け様に倒した牛型の魔物ミッタウロを解体して、肉を調理場に運び入れながら、アルは大きなため息をついてしまった。

「今日は楽しいすっき焼き〜、っ……ウグ……」

アルの心情とは真逆に、アカツキの呑気《のんき》な歌が聞こえてくる。振り向くと、布で包まれた大きな塊が視界に入った。アカツキが転移してきたと思ったのに、その姿が見えない。

近づいてみると、布包みの下から黒い尻尾が生えて、ビタビタと床を打ち付けていた。無言で包みを持ち上げる。潰されていたアカツキの涙目と目が合った。

「……転移したら獣の姿なの忘れてた〜！　でも、中身は俺を犠牲に死守しましたよ！」

グッと小さな拳を突き上げられる。包みの中身を確認してみると、白鶏《ハクトリ》の卵と野菜がゴロゴロと詰め込まれていた。

「……お疲れさまでした。これからスキヤキ作りますね」

「いぇっさー！」

卵はアイテムバッグにたくさん入っているのだが、その指摘をするのはやめた。アカツキの献身が無意味だったように思えて可哀想《かわいそう》なので。

「スキヤキの、もうちょっと詳しいレシピはないんですか？」

「レ、レシピ……。お高いお店の紹介番組では、肉に砂糖と醬油をかけて焼いていたような……？」

「え、鍋っていうんだから、煮込むんじゃないんですか？」

それでは甘口ショウユタレで肉を炒めているだけではないだろうか。

アルは肉を切る手を止め、カウンターに上ってきたアカツキを見やる。だが、アカツキが動揺した様子で視線をうろつかせ、最終的に自分の頭をポカポカと叩き出したので、慌てて制止することになった。

「……ハッ、思い出した！　それは肉の味を最初に楽しむための方法！　基本は、割り下……とかいうもので、煮込んでいたはず！」

「ワリシタ、とは？」

「え……とにかく、甘い醤油のタレです！　砂糖メガ盛り！」

「……なかなか贅沢な食べ物なんですね」

「ご馳走《ちそう》ですからね！　幸せの味です」

砂糖は高い調味料なのだ。同じような甘みのある調味料ということで、ミリンを多めに使ってみようか。これはアカツキのダンジョン産なので、頼めばいつでも持ってきてもらえそうだ。

原料からミリンにするにはアルの手が必要だが、それほど大変な作業ではない。

ニホンシュもアカツキにもらっていたはずだ。白ワインよりこの料理には調和するかもしれない。これも少し甘みがある酒だしちょうどいい。

「みりんに日本酒……。なんで？」

「肉を煮込むときは酒も入れると、肉が柔らかくなるし、臭み消しにもいいんですよ」

「ほえー、色んな技術があるんですねぇ」

鍋にミリンとニホンシュを入れ、一度加熱して煮立たせる。余分なアルコール臭を飛ばすのだ。その後、火を止めてショウユと砂糖を入れ、再び温める。砂糖が溶けたところで味見をしてみた。

「こんなものかな」

「俺！　俺も味見しますよ！」

手どころか体ごと伸びて主張するアカツキにも、ワリシタをすくったスプーンを向ける。舌で舐《な》めとったアカツキが、グニャリと横に体を曲げた。目を疑いたくなるほどの柔軟性である。正直少し気持ち悪い見た目だ。

「俺、ワリシタだけで食べたことない……。そうだ、肉を焼いて入れてみましょう！」

「後からでも調整できるので、今はこのままにしておきます」

アカツキが「閃《ひらめ》いた！」と言いたげに体を起こし、煌《きら》めく眼差しで肉の塊を指差して提案してくるのを、アルは笑顔で却下した。ブラン二号はいらない。これはもちろん、食い意地という意味で、である。

「後は肉と野菜を切って、軽く焼いておくだけなので、アカツキさんはブランを起こしてきてもらえますか？　向こうの部屋で寝ているので」

「それ、寝起きの機嫌の悪さで、俺が殺される展開では……？」

「大丈夫です。ご飯ができたと言えば、すんなり起きるはずです」

アカツキが「え、ほんとかな？　嘘《うそ》じゃない？　狐君、俺に当たりが強いんだよ」とぼやきながら軽やかに駆けていく。その後ろ姿に、アルは「……たぶん、ね」と聞こえないだろう呟きを溢《こぼ》した。二人には少しずつ仲良くなってほしいので、積極的に関わらせるつもりだ。ブランはなかなか強敵だと思うが。

アルが最後の肉をスライスし終わったところで聞こえてきた、「フギャーッ！」という叫び声には全力で耳を塞いだ。まだまだ二人の関係は前途多難のようだ。

暫くして疲れ切った様子のアカツキを引きずってブランが食卓までやって来たので、夕食を始めた。クツクツと鍋が煮立ち、いい匂いが漂う。

「――ふへー、そんにゃことが、あっちゃんすにぇー」

「口に食べ物が入ったまま喋《しゃべ》るのは行儀が悪いですよ」

「はい、ママー」

夕食のお供に、今日の魔の森での出来事をアカツキに語ると、肉を頬張りながら間抜けな声で返答された。しかも何故か母親認定されている。微妙な気持ちになって、アカツキの皿に取り分けようとしていた肉をブランの皿に入れた。

『この肉、柔らかくて旨いぞ！　甘いショウユタレが卵でマイルドになって、更に旨い！』

「確かに、卵を絡めて食べるのは予想外に美味しいね。調味料のことを考えると贅沢な料理だけど、定期的に食べるメニューにするのも良いかも」

「……アル様、わたくしめにも、肉を……、肉をお恵みください……」

「あれ？　まだお皿に野菜が残っていますよ？」

「き、鬼畜……。すき焼きは肉を楽しむものじゃないですかー！　異論は認める！　けど、野菜オンリーはやだー！」

『うるさい』

喚《わめ》いていたアカツキにブランのパンチが一撃。アカツキは机の上に倒れ伏し、零《こぼ》れていた水に手を伸ばした。震える指で『に……く……』と書いて力尽きる。ブランに叩かれることに慣れが感じられるようになってきた。ある意味、コミュニケーションが成立している気がする。

アルはその茶番にため息をつき、アカツキの皿に肉を入れた。それを薄目で見て確認し、機敏に起き上がってきたアカツキに、アルの疲労感が更に増す。

「あざーっす！」

「回復が早い」

『もっと力を入れたら良かったか？』

アルとブランの冷たい視線もどこ吹く風。アカツキは幸せそうに肉を頬張っていた。

「――あ、俺、街に安全に行く方法を思いついたんですけど！」

食後のカットフルーツ盛りとハーブティーを机に並べたところで、アカツキが爛々《らんらん》とした眼差しで語りだした。

「僕の転移魔法ですか？」

「……なんで俺が言う前に、あっさり答えてしまうんですか!?　俺の数時間の努力……」

「アカツキさんがどうしても街に行きたいなら、元々その提案をしようと思っていたので」

「アルさんは優しさで溢《あふ》れた人ですね！」

あからさまなゴマすり、やめてほしい。白けた目を向けると、アカツキが慌てたように空中に手を突っ込んだ。アルは目を疑ってしまう。

「ジャジャジャジャーン！　これであなたも透明人間。姿隠しの……布！」

「布」

「ぬ、布なんです。マントじゃないし、シーツでもないし……。これは、布！」

「それの名称はどうでもいいんですけど。……それ、どこから取り出しましたか？」

明らかに何もないところから取り出したように見えた。

「ああ、これは異次元ポケット的な何かです」

「説明が曖昧すぎます」

『説明する気がないんじゃないか？』

ブランはマイペースだ。ひょいひょいとフルーツを口に放り込んでいる姿を見て、アルは半眼になった。どうしてこの事態を軽く受け流せるのか。

「ダンジョンマスター特権的な？　転移みたいな感じ？」

「転移箱と同じ原理ですかね」

それにしても、転移用の【印】もなくできてしまうのが凄《すご》い。ダンジョンマスターの能力は不思議が満《み》ち溢《あふ》れている。

「まあ、この能力はどうでもいいんですよ。それより、これを見てください。説明を聞いてください。そして俺の頑張りを褒めて！」

「要求が多い」

『これ、やはり旨いな』

布に夢中になっているアカツキの前から、ブランがフルーツの入った皿をこっそり移動させていた。一応、バレたらダメだという意識はあるらしい。

アルにはバレバレだったが、注意はしない。じっと見つめていたら、ブランがアルの視線に気づいて、上目遣いで見上げてきた。その表情はなんなのだろう。

首を傾げたブランが、アカツキの皿から数個のフルーツをアルの皿に入れる。アルは黙認のための賄賂を要求していたわけではないのだが。

「――ねえ！　聞いてますか!?」

「すみません、聞いてなかったです」

『旨い』

アカツキの熱意の籠った説明を聞き流していたことを、アルは素直に謝罪した。だが、できれば簡潔な説明をお願いしたいと思う。

「待って!?　俺のフルーツどこ!?　……ぎづねぐん～」

フルーツの消失とその犯人を知ったアカツキが泣き喚くのを、アルとブランは聞き流した。

初めてココナを食べたが、予想以上に美味しかった。今度また収穫しに行きたい。そのためにも、魔の森の奥地にいた魔物への対策を万全にするべきだろう。

そこまで考えたところで、姿隠しの布に興味が湧く。魔物対策に使えるかもしれないので、後で原理をきちんと聞こうと決めた。

四十七．激動する世界

翌日。アルたちはドラグーン大公国首都の街中にやって来ていた。通りには屋台が並び、冒険者や商売人などが集っている。

『ここは相変わらず騒がしいな』

「一時期制限されていた小麦も少しずつ出回り始めたし、新たな穀物として推奨されたコメの料理も評判になっているみたいだね」

「美味しそうな香りがしますね～」

弾んだ声でアカツキが言う。現在、アカツキは姿隠しの布で包まれ、アルが背負っているバッグから外を眺めていた。アカツキの今の姿は、連れ歩くには珍しい見た目なので、姿を隠してもらっているのだ。

アカツキを街に連れてくるために、アルは街中で宿を借り、そこを一時的な転移の拠点とした。宿をとったのは、街中で転移をすると誰かに見られる可能性があるためだ。転移の魔法を使える者はほぼいない。転移の魔法を使えることが知られて注目を集めるのを、アルは望んでいなかった。

それでなくとも、アルは今、街でちょっとした有名人になってしまっていて、それを厭《いと》ったが故に、ここ最近は森に引きこもっていたのだ。多少時間をおいたところで、あまり注目度は変わらないようだが。

「……随分見られていますね。え、俺バレてる？」

「僕が原因でしょうね。国の施策の前面に担ぎ出されてしまいましたから。やっぱり暫《しばら》くこの地を離れることを検討しようかな。ここの料理とか、まだ見たいものはたくさんあるけど、転移でいつでも来られるわけだし」

以前、この国の王女ソフィアと共に、アルは食糧事情改善に取り組んだ。結果として、その施策は十分な成果を出したのだが、アルの名前が広く知られることにもなってしまった。

「なにやら複雑な事情を察知……。俺、なんか気をつけた方がいいです？」

「姿を見られるのはどうとでも誤魔化せますけど、喋っているのは知られないように気をつけてください。喋る魔物なんていないので」

「了解です……」

アカツキの声が更に小さくなった。

アルが喋る分には、従魔と見做《みな》されているブランへと向けられているのだろうと、周囲の人々は判断してくれる。だが、アカツキのように、姿が見えず声だけの存在は、不審に思われて当然だ。街中の雑踏に紛れているので今は大丈夫だが、建物内では黙ってもらうしかないだろう。

「アカツキさんが念話を覚えられるといいんですけどね」

「……覚えが悪い子でごめんなさい」

『スライムでさえ覚えられたというのにな』

「グハッ！　めっちゃ刺さりました、その言葉。……スライムたちに教授してもらっておきます」

会話を聞き流しかけて、ふと立ち止まる。肩に乗っていたブランが不審そうにアルの顔を覗《のぞ》き込んできたので、両手で抱え上げた。首を傾げるブランを凝視する。

「アカツキさんと喋る気になったんだ？」

「はっ！　そういえば、今の辛辣なお言葉は狐君……？」

『……間違った』

ブランがしょんぼりと項垂《うなだ》れた。どうやらアカツキがあまりに近くにいた所為《せい》か、念話を送る対象を間違えただけらしい。そこまで落ち込むほど、アカツキと言葉でのやり取りをしたくないのだろうか。アルはブランのこだわりを理解できない。

「狐く～ん、俺ともお喋りしましょうよ～」

『うるさい』

アルの肩に戻ったブランが、バッグからにょろっと出てきたアカツキの顔を後ろ足で蹴り、バッグに押し込んだ。バッグで暴れられると、さすがに不審に思われるのでやめてほしい。

「み、見えない。外、見せて……」

「あまり動かないでくださいよ。姿隠しの布でアカツキさん自身は見えなくなっているとはいえ、バッグが動いているのは分かるんですから」

「お、俺が悪いんじゃないのに……」

そろりと顔を出したアカツキが、アルの肩にもたれる。もう片方の肩に乗っているブランが、煩わしそうに尻尾を振った。

「姿隠しの布って面白いですよね。外からは見えず、中からだけ見えるって、原理を聞いてもよく分からない」

「転移魔法を使えるアルさんなら分かると思ったんですけどねー」

アカツキが創った姿隠しの布は、光学迷彩と言われる物らしい。布表面の空間を歪曲《わいきょく》させ、光の進路を変更させることで、不可視化しているようだ。

これはダンジョンの能力で創ったものだ。ダンジョンは空間を操る能力が高いのだろう。元々、ダンジョン内は異なる空間が繋《つな》ぎ合《あ》わされていたり、転移が使えたりと、空間を変幻自在に操る空間魔法が活用されている部分が多かった。世間一般で言うと、空間魔法はとてもマイナーなものなので、ダンジョンという存在の異質さを感じずにはいられない。

「……ごく普通に転移魔法を使っている僕が思うことではないかもしれないけど、ね」

「何がですか？」

呟きに反応したアカツキを適当に誤魔化し、アルは目前に迫った扉に目を向ける。

「ここからはお喋り厳禁ですよ」

「……了解です。念のため、バッグに潜っておきます。俺は置物、俺は置物――」

スルリと肩から重みが消えた。何やら自己暗示が始まったようだが、それもすぐに聞こえなくなる。

扉を開けると、中にいた者たちからの視線が刺さった。ここは冒険者ギルドなので、昼間の時間帯なら人が少ないだろうと判断していたのだが、思っていたよりたくさんいる。どうやら遠出していた冒険者の帰還と鉢合わせてしまったようだ。

受付も混雑していたので、アルはまず依頼書を確認しに行った。魔物の情報を聞くためだけに列に並ぶのはちょっと嫌だし、受付の人も迷惑だろう。

『随分とここでも見られているな』

「僕の名前が、狐型の魔物を従魔にしているって情報と一緒に、知れ渡っているんだろうね」

『……我がバレる原因か』

「まあ気にしないで。絡まれるわけでもないんだから」

視線は鬱陶しいが、無視できないほどではない。

依頼書が並ぶコーナーでも物珍しげに眺められたが、冒険者たちが声を掛けてくることはなく、アルとの距離をはかりかねているようだ。

「うーん、ちょうど良い依頼がないなぁ」

『こんな依頼を受けても大した金にはならんだろう？　狩った魔物の素材を売りさばけばいいじゃないか』

「こんなに視線を受けている中で、更に目立つのはなぁ」

見た目に合わない成果を上げているのは自覚している。アイテムバッグには希少な魔物の素材もたくさん入っているが、この状況でそれを買い取りに出せば、より注目度が高まるのは分かりきっていた。それはアルが望む事態ではない。

「僕、冒険者としてのランクも高くないしね」

『……ああ、人間はランクで実力を判断するんだったか。ここまで実力とランクが一致していない人間も、そうそういないだろうな』

アルが注目されているのは、冒険者としての実力というより、魔道具作りの能力だったり、国の有力者との繋がりだったり、冒険者としては少し異質な部分だ。

「あ、これとか良いね」

『薬草集め？　地味なものを選んだな』

「この薬草、奥地でしか採れないから常に在庫が不足気味らしいね。需要があるから、高値で買い取ってもらえるし」

ランク制限なしで出されている依頼だが、高値といっても高位冒険者が受けるには報酬が低いし、低位冒険者が受けるには危険度が高い。それ故にあまり人気がない依頼のようだ。

近くでアルたちの様子を窺っていた冒険者が、正気を疑うと言いたげな顔をしていることからも、この依頼の受注率の悪さが理解できる。

「――ま、慈善事業みたいなものだよね。ギルドへの貢献値として、ランク上げ用のポイントは多めにもらえるみたいだよ」

『確かに、良い依頼を受けるためには、まずランクを上げるのも必要だな』

ブランにも納得してもらえたところで、依頼書を手に取り受付に行く。バッグでちょっと身《み》動《じろ》ぎしているアカツキには、もう少しだけ我慢してもらいたい。

ちょうど受付の列が途切れていたので、依頼の受注手続きをすぐにお願いできた。

「こちら、街の近くでは採れない薬草ですが、大丈夫ですか？」

「この薬草が採れる辺りには、何度か行ったことがあるので大丈夫です」

アルのギルド証に書かれたランクを確認した職員が、念押しするように聞いてきたので、アルは軽く返す。規則上の決まり文句だったのか、職員が更に問い掛けてくることはなく、無事に依頼を受けられた。

「最近、この薬草が採れる辺りより奥に行って、姿を見せずに攻撃してくる魔物と出会いましたが、ギルドに何か情報がありますか？」

さりげなく聞いてみると、職員が一瞬顔を強《こわ》ばらせた。何やら情報を持っているらしい。だが、言うべきか悩んでいるようだ。職員は周囲に視線を走らせた後、カウンターの下から何かを取り出した。小さめな紙が数枚束ねられたものに見える。

「ギルドではそのような情報は確認しておりません。危険度がはかれないので、その辺りには立ち入らないことをお勧めします」

「……分かりました。僕も余計な危険は冒したくないですから、気をつけます」

カウンターにのせられた紙束を、アルはさりげなく懐に仕舞う。ギルドにとって幸いなことに、このやり取りに注目している冒険者は、アルが把握している限りではいないようだった。

職員とのやり取りを終えた後、アルは何食わぬ顔でギルドを出て、のんびりと散策しつつ、人気のない方へと進んだ。

ギルドからだいぶ離れた脇道に入ったところで、周囲に他の気配がないのを確認する。そこでようやく、職員に渡された紙を取り出した。

『……一体なんだ？』

「面白いね」

一番上に書かれているのは、情報の取り扱いに関する注意事項だ。この紙を渡された場合は、人目のない場所で内容を確認するようにと促され、その上で内容の口外を禁じると書かれている。破った場合はギルドからの除名処分もあり得るというのだから、この情報の重要度は相当高いのだろう。

「国からの秘匿要請事項に該当、ね……」

『また国の面倒事か？』

「どうだろう。この紙に書かれている通りだと、国は内緒にしたいけど、ギルドは秘密裏にそれを知りたいって感じじゃないかな」

ギルドは国の権力から一定の距離をとっていて、その要請に唯々諾々と従うことはない。この警告文を正しく読み解き他の紙も確認すると、実はこれが依頼書であることが分かる。

「――ギルド側はあの不可視の魔物の情報を入手できていないから、数多《あまた》のギルド員の安全確保のために、危険度をはかりたいんだろうね。たぶん僕以外にも、ここを拠点にしている高位の冒険者に、同様の依頼をしていると思うよ」

ブランと顔を見合わせる。

『やはり面倒事じゃないか』

「でも、街での注目から逃れるのには、良い依頼ではあるよね」

『……一理ある、が』

納得しがたいと言いたげなブランの頭を撫でる。

「とりあえず、またあの魔物に出会うことがあったら、その時にギルドに報告するか考えよう」

『あの魔物の生息域《せいそく》に行くのは決定事項なのか……』

「え、行かないつもりだったの？」

『……結局、あの魔物の情報を一つも得られていないんだぞ？　厄介な事情があるらしいと分かっただけだ』

「そうだね。でも、どの辺までなら出会《でくわ》さないのかを調べておいた方が、今後の探索を楽にできると思うんだけど」

『む。……そう言われると、そうだな。あの魔物の生息域を詳しく調査すれば、そこを避けられるようになって、無駄な警戒心を抱かなくていいのか』

「でしょ？」

ブランにも納得してもらえたところで、何かを忘れている気がして首を傾げる。

「……アルさぁん、もう喋って大丈夫ですかぁ」

「あ、そうだ。アカツキさんだ。どうぞ、ここなら出てきても大丈夫ですよ」

バッグがもぞりと動いて、固まった体をぎこちなく動かすアカツキが出てきた。

「置物になるって、こんなに苦行だったんですね……。用事が終わってから転移で連れて来てもらえばよかった……」

アカツキの愚痴を聞いて、アルは頷いた。ギルドの訪問にアカツキが要らなかったのは事実だ。

用事が済んだら、アカツキお待ちかねの町探索の時間だ。

「うみゃーい！」

「……いい食べっぷりですね」

『確かにどれも旨いからな』

アルの視線の先には、料理を口いっぱいに頬張っているアカツキとブランがいた。こう見てみると、色合いは真逆だが彼らは似た者同士だと感じる。

表通りから外れた路地は人気もなくひっそりとしていた。街の喧騒《けんそう》が遠くに聞こえ、ほどよく日が差し込み、なかなか居心地がいい。

商店が捨て置いているらしい木箱を勝手に拝借して座り、アルは屋台で買い求めた料理を口に運んだ。

ピリ辛の赤いソースがエビに適度に絡まり、コメが進みそうな味である。レイクエビのピリ辛炒めというらしい。使われている調味料を探りながら食べるのが楽しかった。似たような味はアルでも作れそうなので、時間ができた時に試してみたい。

ブランが食べているのは甘めのタレで煮込んだ草豚《ハブピグ》の塊肉やナッツと風鳥《フーバー》のピリ辛炒めなど、見事に肉料理ばかりだった。

アカツキは揚げ麺に野菜や魚介類いっぱいのソースがかかっている魚介あんかけ麺を食べていた。硬い部分と柔らかい部分が入り混じる揚げ麺の食感を楽しみながら、ご満悦の表情である。

遅めの昼食を終えたところで今後の予定を確認する。アカツキの熱意に押されて、屋台巡りと腹ごしらえを優先したが、アルが欲しかった魔物の情報はまだ集まっていない。この先どうするかを考えるのは当然のことだった。

『国が情報を秘匿しているなら、ソフィアたちに聞くのも無駄か』

「そうだね。国と今以上に深く関わりたくもないし」

「はーい、質問です！」

アルとブランが思案げにしていたら、首を傾げていたアカツキが体ごと伸び上がり、手を挙げた。アルがどうしたかと聞くと、アカツキは腕を組んで何度か頷く。その仕草の意味は分からないが、アカツキはカッコつけているつもりらしく、心なしかキリッとした顔をしているように見えた。

「姿が見えず、気配を捉えにくいっていうのは、アルさんが家に使っている迷いの魔法とかとは違うんですか？　あれも似たような作用がありますよね？」

「……確かに、そうですね。迷いの魔法は、近くにいる者の感覚を惑わせるもの。そのような魔法を使う魔物というのを聞いたことはありませんが、いないとは限らない」

『だが、あれは相当ややこしい魔法だろう？　魔力消費量も大きい。普通の魔物が当たり前に使うというのも違和感を覚えるが』

アカツキの言葉に頷いたアルとは対照的に、ブランは納得できないと言いたげに首を傾げている。長く生きている魔物が語る、魔物についての違和感は、軽視すべきではないだろう。アルもまた考え込んだ。

「……そもそもが、あの魔物は普通の魔物じゃないよね。基本的に魔物対策をギルドに任せている国が、わざわざ関与を禁じるくらいだし」

「なんか、それを聞くと、その魔物はお国が危険な研究をした結果生まれた化け物で、それを国が隠蔽しようとしている、みたいに聞こえるんですけど」

アカツキの意見に、アルは思わず笑ってしまった。あまりに国を疑いすぎている意見だったからだ。まだそれほど長くこの国で過ごしたわけではないが、ある程度国の上層部の人々と関わった経験から考えても、それほど悪辣なことをする国だとは思えない。

第一、この辺りの森は、神の使徒とも呼ばれるドラゴンのリアムによって管理されているはずだ。彼は人間贔屓《びいき》の傾向はあるが、そうした理に悖《もと》る行いを許容する存在ではないだろう。

一つ懸念点があるとすれば——。

「——研究所の暴走がなければいいけど、そこはさすがにソフィア様……いや、ヒツジさんが阻止してるだろうな」

「羊さん？　……マトンも食べたいなぁ。ダンジョン内に羊牧場作ろうかなぁ」

脳内でヒツジが悲愴《ひそう》に満ちた叫び声を上げている気がして、アカツキの呟きは聞き流した。

アルが言ったヒツジは、動物の羊ではなく、ソフィアの執事の名である。

『アル』

不意にブランが身を低くし、警戒の声を発した。アルもすぐにブランが警戒している気配に気づく。戸惑って固まるアカツキを姿隠しの布で包み、素早くバッグに詰め込んだ。アカツキが驚きの声を上げていようと気にしない。

アルたちが見つめる先。表通りに面した建物の陰に、人の気配があった。背後の路地奥からも、静かに近づいてくる何者かの気配を感じる。このタイミングで同時にやって来たということは、アルに用があって挟み撃ちしているのだと考えてよさそうだ。

「……僕に何か御用でも？」

建物の陰に隠れている人物に声をかける。今は日が傾いてきている時間帯で、地面にはくっきりと長い影が横たわっていた。それはアルたちの様子を窺っている人物にも分かっているはずだ。わざとアルに自分の存在を教えているとしか思えない。

「ありゃ、バレてましたね～」

ひょっこりと顔を出したのは茶髪茶目の些《いささ》か軽薄そうな雰囲気の男だった。街中でありふれた容姿だが、草臥《くたび》れたマントを纏《まと》っているのが少し気に掛かる。言葉には訛《なま》りもあって、グリンデル国内、特にマギ国との国境辺りに多い話し方だ。

背後の一人が距離をとり立ち止まった気配を気にしながら、アルは男に対して首を傾げた。

いつでも逃げられるよう転移魔法を用意するのは忘れない。さすがに街中で戦闘になることはないと思うが、油断はできなかった。

「隠す気がないようだったので、僕の方から声をかけたのですが」

「そうっすね〜。ちょっと貴方《あなた》とお話したくって、こっそり隙を窺ってたんす〜」

「はあ……、僕と？　貴方とはこれまでにお会いしたことはないと思うのですが」

なんとなく相手の素性は分かっていたが、アルがとぼけて言うと、男が苦笑した。アルたちの警戒心を重々理解しているようで、男は広げた両手を顔の横に掲げ、無害を主張する。

「アルフォンス殿、そんなにピリピリしないでくださいよ〜」

呼ばれた名前で、相手の素性はほぼ確定された。アルは旅に出る際に、正式な名前を捨てた。その名を知っているということは、アルが捨てた母国の関係者だろう。

旅の途中で知り合い仲良くなったレイから、母国の王女がアルに追手を掛けているという情報を聞いていた。つまり、この男がその追手なのだろう。遠地まで遥々《はるばる》やって来るとは、ご苦労なことである。

希少種の薬草を発見したような物珍しさで男を眺めていたら、それを敏感に察したブランに尻尾で脚を叩かれた。油断するなと言っているようだ。

「さて、ちょっとは真面目にしないと、お堅い分隊長殿に拳骨《げんこつ》くらうんで、まずは不審者の自己紹介からするっす〜」

アルは何も言っていないのだが、男は急に楽しそうに自己紹介を始めた。男の名前はジャックというらしい。グリンデル国の国民の十人に一人はその名前だ。ジャックも、八人兄弟の末っ子なんてそんな程度の適当な名づけだと笑い混じりに語っていた。

その後もジャックの自分語りは続き、アルはこの短時間で、ジャックの生まれた場所から家族の話、騎士団入団の話など、全く興味もない情報を得ることになった。

「……ジャック。無駄話をするな！」

止めどないジャックの話に痺《しび》れを切らしたのか、アルたちの背後で隠れていたはずの人物が声を上げたので、思わず苦笑してしまった。国から派遣された騎士なら優秀であってしかるべきなのに、どうにも間抜けな印象を拭えない。

「あ、今の声は分隊長のケイレブっす〜。顔見せないとか、ちょっと失礼っすよね〜」

アルは返答を控えた。なんとなくそのケイレブという人は、ジャックに日頃から振り回されて苦労している気配を感じたからだ。苦労している人を故意に言葉で攻撃するほど、アルの性格は腐っていない。

「そろそろ本題に入らないと分隊長が怒りまくって大変なことになるんで、いいっすか？」

「どうぞ、ご勝手に」

『……何しに来たのか、ちゃんと覚えていたんだな』

あまり実力行使をしてくる気配がないので、アルも適度に力を抜きながら肩をすくめた。ブランは変なところで感心している。

さすがに目的を忘れるほど騎士は馬鹿ではないだろうとアルは言いたいが、ジャックを見ているとその考えに自信が持てなくなる。ジャックの態度が騎士としては異例であってほしい。アルはもう母国とは関係のない立場だと自負しているが、生まれ育った国の騎士が馬鹿っぽいというのは少し悲しい気持ちになる。

「――アルフォンス殿に要請します。直ちに本国への帰還を。陛下がお待ちです」

一瞬で表情が切り替わり、冷たさすら感じる眼差しで言い放つ姿を見たら、アルが騎士に抱いた印象も一気に覆った。

内容についてはともかく、騎士は馬鹿じゃなかったと知れて少し安堵《あんど》したのは、再び警戒感を高めたブランには秘密である。

「帰還の要請ですか。おかしなことを言いますね。僕は既にグリンデル国の貴族ではないし、冒険者としての立場から考えると、他国の国王の要請に従う義務はありませんよ？」

「帰還次第、貴族籍を復活させるつもりらしいですよ～」

ジャックが一気に雰囲気を砕けたものにして、軽く肩をすくめる。彼自身もその要請がおかしなものだと分かっているのだろう。騎士だからこそ王族からの指令を拒否することはできず、ここまで追ってきてアルに要請を伝えた。だが、道理の通らないことを力任せに押し通すほど愚かではない、ということのようだ。

「僕はグリンデル国に赴くつもりはありません。貴族籍の復活もお断りします。どうぞお引き取りを」

「ですよね～」

「ジャック！」

アルの言葉に同意するジャックに対し、背後から再び咎める声が上がったが、その声にも躊躇《ためら》いが滲《にじ》んでおり、騎士たちの忠誠心と良心で板挟みになった立場を思うと、アルも多少同情の念を抱く。グリンデル国に帰還しようと思えるほどではないが。

指令を受けてきている以上、ジャックたちも成果なしには帰れないだろう。何かちょうど良いものを提供できればいいが、その結果がグリンデル国の王族に与《くみ》するものになるのも些か業腹である。

少し思考を巡らせていたところで、不意にブランが頭を上げ、顔を顰めた。アルも危険を察して大きく背後に跳《と》び退《の》く。

――突如、地面が何かに穿《うが》たれる衝撃音が路地に響いた。

「ちょっ……！」

「魔法兵か!?　勝手な行動を……！」

突然の出来事に目を見開くジャックと、近くなった背後の声の主の様子から、この攻撃は彼らの総意によるものではないと分かる。とは言え、アルが攻撃されているという事実は変わらない。彼らには既にアルの返答を告げているので、会話を継続する必要性もない。

連続して襲ってくる風の弾丸を避《よ》けつつ、飛びついてきたブランをしっかり抱き上げて、アルは転移の魔法を発動させようとした。

「――なんだ、仲間割れか？　グリンデル国らしいねぇ」

不意に、横にあった窓が開き、手が伸びてきた。そこに人がいることは少し前から気づいていたが、まさかこのタイミングで関わってくるとは思っていなかったので驚く。

日に焼けた手がアルの服の端を摑《つか》むのが見え、反射的に振り払おうとしたところで、視界が一転した。


――魔法の着弾音やジャックたちの声が消え失《き》せ、遠くから穏やかな街の喧騒が聞こえてくる。素早く周囲を見渡すと、ここが宿屋の一室らしいことが分かった。階下から女将《おかみ》と思《おぼ》しき女性の声がする。

瞬く間に現在地が変わるこの現象を、アルは熟知していた。普段から多用する魔法なのだから当然だ。

「……どういうことですか」

「おっと、驚かせたかい？　これは転移っていう魔法さ」

褐色肌の野性味のある男がニヤリと笑った。アルの服を離し、グイッと伸びをする男の手から粉々になった魔石が零れ落ちる。それは床に着く前に空気に溶けるようにして消えた。

「魔石に魔法陣が刻まれていて、なかなか有用なんだ。数に限りがあるってのと、予《あらかじ》め定めていた場所にしか転移できないってのが難点だが。……ま、グリンデル国公爵の目の前で、一瞬にして消え失せたと聞くアルフォンス殿に、賢《さか》しらに語るようなことじゃないだろうな」

含みのある言い方だった。揶揄《やゆ》するような表情を見ても、この男がアルの素性を知っていることは間違いない。

『なんだ、厄介事というのはまとめてやってくるのがここでの流儀なのか？　もう飽きた。早く帰って今日は休もう』

ブランが疲れたようにため息をつく。一難去ってまた一難と言うべき状況に辟易《へきえき》しているらしい。アルもブランに同感だが、自分だけ素性を知られた状態というのも気持ち悪く感じる。最低限この男の素性を調べるべきだろう。

「……随分と僕のことをご存じのようですが、お会いしたことはありませんよね？」

「会ったことはないが、噂《うわさ》はよく聞いていたさ。特に、グリンデル国から脱出したって話はな。……俺が何者か知りたいのかい？」

「ええ、ぜひ」

隠し立てする必要も感じないため素直に頷くと、男はご満悦の笑みを浮かべた。どうやらアルに興味を持たれているのが嬉しいらしい。

目元にかかる前髪を掻《か》き上《あ》げながら、ふっとニヒルに口元を歪《ゆが》ませ、堂々たる態度で名乗った。

「俺はジャスティン帝国第三皇子、カルロス・アヒム・ジャスティン。帝国の悪名高き風来坊チャーリーとは俺のことさ！」

「聞いたことがないですけど」

本当に全く聞いたことがない。愕然《がくぜん》とした表情で固まるカルロスは、アルにこのような返答をされると予想していなかったようだ。

バッグの中にいるアカツキが震えているのを感じる。どうやら必死に笑いを堪《こら》えているらしい。確かに、カルロスの振る舞いは喜劇染みていて、笑ってしまうのも仕方がない。カルロス自身は至極真面目に言っているようであるから尚更《なおさら》だ。

「ほ、本気で言っているのか……？」

「申し訳ないですけど」

肩を落としてショックを受けているカルロスを見ると少し困ってしまうが、無駄な嘘をついて気遣うのもどうかと思う。

『悪名高き風来坊とは、そう誇らしげに名乗るようなものなのか？』

「本人が誇らしく思っているなら別にいいんじゃない？　チャーリーって愛称で呼ばれているなら、多分悪い意味で言われているんじゃないと思うし」

『ふむ。チャーリーとは愛称なのか』

カルロスの時が止まっているので、回復するまでブランとのんびり話す。カルロスの様子を見るに、転移で逃げるほど緊急性がある状況ではないだろう。一応、彼はグリンデル国の追手から逃がしてくれた人でもあるのだから。

「……いいんだ。どうせ、俺は、ただ現実から逃げているだけの、意気地なしの男さ」

窓辺の壁に寄りかかり、憂いを秘めた表情で外を眺めるカルロスの仕草は、実に演劇染みている。ここまで自分に酔った振る舞いをする人を見るのは初めてだ。だが、その仕草が嫌味にならないのは、容姿が整っていることに加え、彼が常に活力に溢れた覇気を放っているからだろう。

それ故、カルロスの「現実から逃げている意気地なし」という言葉に違和感を覚える。

「一体どんな現実から逃げていると？」

勝手にテーブルを借りて紅茶を準備していると、ブランがいそいそとテーブルに座り込んだ。煌めいた眼差しを見るに、お茶請けの甘味を期待しているらしい。

アカツキをこっそりとテーブルに乗せるのと一緒に、ドライフルーツを混ぜ込んだカップケーキを取り出す。アカツキの布の中に一つ突っ込み、ブランの前に二つ置いたところで、カルロスが近づいてきた。

「……教えるから、それ、俺にもくれるかい？」

「ええ、構いませんよ」

風来坊であろうと、一国の皇子が初対面の人の作った物を安易に口にしていいものなのかと思うが、本人が良しとしているならアルは指摘しない。

カルロスの前にもカップケーキを置き、即席のお茶会が始まった。

「これ美味いな」

用意したフォークを使うことなく手づかみでカップケーキを齧《かじ》ったカルロスが、目を見張って言う。どこの店で買った物かと聞くので、手作りだと答えると、暫く固まった後にカップケーキを凝視していた。

「それで、一体どんな現実から逃げていると？　僕をわざわざここに連れてきた理由も知りたいのですが」

「アルフォンス殿を連れてきたのは……その場の勢いだな！　連れてきてから、貴殿が自力で逃げられる能力を持っていると思い出した……」

カルロスが気まずそうに顔を背けた。自分のしたことが余計なお節介であった可能性に思い至ったらしい。

アルとしては、特別な思惑がないなら別に気にしない。何らかの害を被ったわけでもないので。

「俺が逃げている現実というのは、だな――」

言葉を選んでいるカルロスを静かに待つ。カップケーキを更に寄越せとアルの手を揺さぶってきたブランを捕まえて、その頬を揉《も》んで手遊《てすさ》びをしているから、どれほど間が空こうが気にしない。

「これを言ったらアルフォンス殿も巻き込んでしまうかもしれないが――」

「あ、じゃあ、聞かなくていいです」

「嘘だろう!? ここまで話を引っ張ったのに、気にならないのか!?」

紅茶の入ったカップを落としそうになるカルロスを尻目に、アルはテキパキと帰宅準備を始めた。空が茜色《あかねいろ》に染まってきている。そろそろ夕飯の準備をしなければ、カップケーキで回復したブランの機嫌が悪くなってしまいそうだ。

「悪かった! 絶対に巻き込まないから、聞いてくれないか!?」

カルロスが何故それほど語りたがっているのか分からない。必死に引き留めようとするのを見て、アルは首を傾げた。

新たに紅茶を淹《い》れて、アルが椅子に座りなおしたところで、カルロスが重々しく語り出す。

「――アルフォンス殿は知っているだろうが、帝国はマギ国と戦をしている」

面倒くさそうに顔を顰めたブランが、カルロスの眼前で尻尾を振って遊ぶ。くしゃみを堪えるためか、奇妙な顔になったカルロスを見て、アルは吹き出しそうになった。その状態でも怒らないカルロスは寛容な人物だと思う。

さりげなく手で尻尾を退けて、カルロスの語りが続いた。

「その戦は、帝国がある疑惑をマギ国に向けたことから始まった」

「疑惑？」

「ああ。マギ国は世界を滅亡へと導く計画を立てているのだという疑惑だ」

レイから前に聞いた魔砲弾兵器の威力を考えると、その疑惑は正当なものに思える。土地を一瞬で更地にし、空気中の魔力まで消失させて不毛な地に変えるという兵器は、思い返す度に顔を顰めてしまうほど悍《おぞ》ましいものだ。

「調査した結果、マギ国は何者かの技術供与によって、恐ろしい兵器を開発していることが分かった。そうと分かれば『世界の正義』であり『神に代わって世界の秩序を保つこと』を責務であると考えている帝国が進軍しないわけにはいかない」

帝国の些か傲慢な主義に安易に頷くことはできず、アルは沈黙を守った。カルロスも帝国の主義には納得できない思いがあるのか、眉を顰《ひそ》めている。

「帝国はマギ国に技術供与する姿なき存在を悪魔族であるとし、悪を滅さんと血気盛んに戦へとひた走った」

「悪魔族？　それは、おとぎ話の存在では？」

アルは急に空想の存在を話に持ち出されて困惑した。

悪魔族は、この世界の創世紀に、世界から魔力を消し、世界を破壊しようと目論《もくろ》んだ種族だ。

そして、創造神との争いに敗れた悪魔族は、世界から消滅させられるという結末を迎えた。

もちろんそれは史実ではなく、古くから伝わる物語の一つとしてアルは認識している。

「帝国では実際に悪魔族は存在すると考えられている。今も虎視眈々《こしたんたん》と世界を滅亡させるために暗躍しているのだと」

「それは……なんというか、現実味がない話ですね」

正直、あまりに物語のようなことを言われても実感が湧かなかった。ブランも不可解そうに首を傾げているので、長く生きていても悪魔族という存在には出会ったことがないのだと分かる。

「俺もそう思う。だが、帝国の連中は皆信じ込んでいるんだ。悪魔族を滅するのは、神の代理人たる自分たちの務めだと。それで多くの兵が亡くなり、農民まで徴兵して戦を継続している。国民の多くは愛すべき家族を失い、貧困に陥っても、正義の戦と信じて突き進んでいる」

ドラグーン大公国への穀物の輸出が滞っている原因を図らずも知ってしまった。農民まで徴兵されていたら、輸出できるほどの量の穀物を生産することは難しいだろう。

だが、帝国がそこまで苦戦を強いられている理由が分からない。

「マギ国には帝国の国力に長く抵抗できるほどの力はないと思っていましたが」

「ああ。帝国も初めはそう判断していた。悪魔族が技術供与したとされる兵器も初期に無力化したからな。早々に戦は終結すると誰もが思っていた。実際、早い内に帝国の軍勢はマギ国の首都に迫り、陥落させるのは時間の問題と言える状況だった」

「では、なぜ？」

「……グリンデル国が参戦してきたんだ。てっきりマギ国とは仲違《なかたが》いをして、参戦を見送るものだと思っていたが」

ここでグリンデル国が出てくるのか。アルは不快感を隠せず顔を顰めた。膝上に乗ってきたブランが宥《なだ》めるように腕を叩いてくる。その頭を撫でて気持ちを落ち着かせた。

アルにはもう関係のない国だと思っていたが、この状況で名前が出てくることに不快感を覚える程度には気持ちが残っていたようだ。

「参戦と言っても、兵器や兵士をマギ国に供与したという形のようだ。マギ国を帝国への盾にして、自国は矢面に立たないつもりなのだろうな。マギ国が滅亡したらグリンデル国は帝国に隣接することになるから」

「グリンデル国に、戦況を変えさせるほどの兵器を生み出せるとは思えないのですが」

「それもまた、悪魔族による物だと帝国では考えられている。詳細は言えないが、マギ国が生み出した兵器と似た機能を持つ物のようだからな」

「悪魔族……」

悪魔族という言葉を安易に使い過ぎではないだろうか。誰もその存在を見たことはないだろうに。マギ国からグリンデル国へ亡命した研究者が作ったと言われた方が納得できる。

「マギ国と同様に、グリンデル国も既に悪魔族の手に落ちたものだとして、帝国では両国の王族並びに主要人物を討伐対象にしている。悪魔族は当然倒すべきものだが、共闘している人間も打ち倒すべき人類の敵だ、とな。王族たちの死なくして、停戦や終戦は起こりえない」

なんとも暗い話の連続に辟易する。アルはこんな国の事情には関わりたくないのだ。せっかく国から逃げ出したというのに、今更なぜこんな話を聞かなければならないのか。

少し苛立ち混じりにアルは口を開いた。

「……それで、貴方は僕にその話を聞かせてどうしようというのですか？　貴方が帝国の主義に納得できず、この国まで逃れてきたというのは何となく察しましたが」

カルロスが苦笑した。その表情を見て、さすがに八つ当たり染みた態度を取ってしまったことを反省する。

「アルフォンス殿の言う通り。俺は悪魔族という存在を信じられないし、それを頑《かたく》なに信じて、犠牲を顧みず進軍を指示する皇帝や兄弟たちにも心を寄せられなかった。その状況に身を置き続けることもできず、ここに逃げてきた」

遠い目をしてカルロスが呟く。その声が次第に熱を帯びていった。

「ここにはドラゴンがいると聞く。人の声に耳を傾けてくれる存在だと。皇帝は神の使徒たるドラゴンを崇拝しているんだ。ドラゴンが悪魔族なんていないと告げてくれたら、無意味な犠牲だと言ってくれたら、この戦は終わるかもしれない。……そんな思いを持って、ドラゴンに会うためにここを逃避先に選んだ」

アルは目を眇《すが》める。カルロスの言葉は、彼が言っていた通り現実逃避であるとしか思えなかった。

ドラゴンはカルロスが言うような都合の良い存在ではない。彼ら自身が理《ことわり》に縛られ、基本的に人間の世界への関与を禁じられている。カルロスがドラゴンに会えたところで、状況は何も変わらないだろう。

それに、マギ国やグリンデル国が悍ましい兵器を使っている事実は、悪魔族の存在を否定したところで変わるものではない。ドラゴンの言葉一つで戦が終わるなどと考えるのは、悪魔族の存在と同じくらい夢想であると思えた。

『本当に悪魔族なんてものがいるなら、真っ先に精霊が動いているはずだが』

不意にブランが呟いた。アルが目を見張って膝上のブランを見つめると、気まずそうに顔を背けられた。伝えるつもりのない言葉だったらしい。

「悪魔族と精霊……？」

言われてみると、精霊は創造神と共に悪魔族を滅したとして物語で語られていた気がする。精霊が実在しているのは以前聞いていたので、ブランの言葉にも納得した。物語の内容が正しいと仮定するならの話だが。

「精霊だと？　そういえば、皇帝がマギ国の疑惑を口にして調査を指示したのは、マギ国の南端に広がる精霊の森に特使を向かわせてからだったな……」

アルの呟きを聞いたカルロスが、息を呑《の》んで思考に沈んだ。

悪魔族を滅したと言われる精霊。悪魔族を滅するという主義を掲げて戦を続けている帝国。その帝国が精霊の森と関わりがあるという事実。

気味が悪いくらいの符合に、アルは嫌な推測をしてしまった。まさか精霊が、悪魔族という言葉を使って人間同士の戦を煽動《せんどう》しているのだろうか。

『本当に悪魔族がいて、それを精霊が関知しているなら、それは既に人間が関与すべき範囲を超えているだろう』

ブランが難しい顔で言う。ぱたりと尻尾が揺れた。

『精霊は基本的に人間に無関心だから、悪魔族と相対する時に人間との共闘を考えるとは思えん。同じ理由で、悪魔族の存在を騙《かた》って人間同士の戦を煽動することも考えにくい。もし帝国の連中が悪魔族の存在を精霊から聞かされたというなら、それは関わるなという警告に他ならん。帝国が勝手に正義面して手を出しているんじゃないか？　その場合は、精霊からしたら、帝国の行いこそが、世界の調和が乱れる原因だと非難するべきものだな』

アルが抱いた不信感を察したかのように、ブランが精霊について語った。これまであまり語りたがらなかったはずなのに、やけに饒舌《じょうぜつ》である。何故なのかと疑問に思って目を瞬くと、その顔を見たブランが目を泳がせた。ブランもここまで語るつもりはなかったようだ。

『――というか、この話をいつまで続けるつもりだ!? さっさと家に帰って飯を食うぞ！』

ブランが明らかに何かを誤魔化しているのは分かった。だが、アルもこの話を続けるのが嫌になってきたので、提案に乗ることにする。

カルロスに暇《いとま》を告げるために顔を上げると、真剣な眼差しとぶつかった。

「アルフォンス殿に頼みがある」

「国同士の事情に関わるのはお断りですよ？」

躊躇いがちな言葉に対して瞬時に予防線を張る。流されるままに面倒事に巻き込まれるのは嫌だった。

「ああ。その意思を貫くことこそ、俺が頼みたいことだ」

だが、アルの警戒感は必要なかったようだ。カルロスが、アルの拒絶反応に苦笑しながら何度か頷いた。

「マギ国を支援するグリンデル国は、アルフォンス殿を手に入れようと血眼になっている。それはある非道な魔道具に用いるためなのだが……、聞くだけで気分を害する物だから詳細は省きたい」

「……知ったところで現実は変わりませんし、聞く必要はありませんよ」

カルロスが言う『非道な魔道具』については心当たりがあった。以前レイから聞いた、人間の魔力や命を動力源へと変える魔道具のことだろう。

だが、それを知っているというだけで、カルロスに余計な関心を持たれてしまいそうなので、アルは素知らぬ顔を装った。

「アルフォンス殿に会って、グリンデル国が必死になる理由がよく分かった。俺は魔力量を判断する能力に秀でていると自負しているのだが、その能力を最大限に使っても、貴殿の魔力量は計り知れないくらい多い。その魔力をグリンデル国に利用されることになれば、世界は滅亡するかもしれん」

「……少々大袈裟《おおげさ》な気もしますが」

『自分を過小評価するな』

重々しく言われた評価にアルが苦笑すると、ブランがすかさず咎めてきた。その声の響きは真剣そのもので、アルは自然と姿勢を正す。

『お前は自分の能力を甘く見過ぎだ。それほどの魔力量を持っている人間は他にいない。それを自覚しろ。自己の評価を間違えば、どれほど強き者であろうと足をすくわれることもある』

ブランが言うことは尤《もっと》もだった。魔力量の多さは生まれ持った物であり、アルはそれを軽く考えがちだった。少しその意識を変える必要があるかもしれない。国が欲するほどの価値ある物だと、きちんと認識しておかなければ、自分や周りの者たちを危険に晒《さら》してしまう可能性もあるのだ。

「……アルフォンス殿には、事の重大性を理解してもらうためにも、自身をもっと理解してほしいものだが……いや、これは俺が頼むことではないな。とにかく、貴殿の能力を他者に利用されるのは非常に危ういことだから、できればあらゆる者との関わりに気をつけてほしい。少なくとも、グリンデル国に囚《とら》われることがないよう、どうか逃げ続けてほしい」

「僕は元々グリンデル国に関わるつもりはありませんでしたし、これからもないでしょう。カルロス殿がわざわざ頼まなくても、ね」

「それを聞いて安心した」

カルロスが言葉通りに表情を緩めて安堵の息をついた。

不思議なものだと思う。アルもカルロスも、理由は違っていても、母国から逃げてきたのは同じだ。だが、見ている方向はまるで違うように感じる。

カルロスは戦にひた走る自国を許容できず逃げ出した。だが、逃避先においても、自国を憂い、世界の争乱に頭を悩まし続けている。彼は今この時点においても、一国の皇子なのだろう。母国を切り捨てられない、人間らしい感情の持ち主だと思う。

対して、アルはグリンデル国を出てから世界の争乱の話を聞いても、自分がそれに関わろうとは全く思えなかったし、大して思い悩むこともなかった。恐らく、母国が滅亡したと聞いても、「そうなんだ」の一言で終わらせてしまうだろう。

そんな自分がとても薄情に思えた。だが、そう思っても、人間社会の動きに関心を抱くことはできそうにない。

話が終わったところでアルはカルロスに暇を告げ、既に知られているからと転移魔法を使って魔の森の家に帰ってきた。

「ねえ、ブラン」

床に下りて、疲れを払うように伸びをしているブランに声をかける。その響きの重さに気づいたのか、ブランが真剣な眼差しでアルに向き直り座った。

「僕って、薄情かな？　母国にも、世界の争乱にも、それで生じる人の生死にも、あまり関心を持てないんだよね」

アルと似ているようで全く違うカルロスの生き方に触れて、不意に気づいてしまった自分の人間らしい感情の欠落。

静かに聞いてくれるブランに、自分の中に生じた疑問を訥々《とつとつ》と話した。

「思えば、母国を離れると決めた時から、なんだか色々なことが他人事《ひとごと》に思えるんだよね。冷めた見方をしちゃうっていうのかな。どうにも心を寄せることができない。ブランやアカツキさんたちと過ごす時間は凄く現実味があるし楽しいのに、一歩外に目を向けたら、世界との間に見えない膜があるみたいに、ぼやけて遠いものに感じる」

自分でも何故そのように感じてしまうのかが分からない。だが、人として異質に思えてならなかった。

『そう感じることに何か問題があるのか？』

ブランが心底不思議そうに言う。アルの言葉を理解した上で、それを当然のことだと言いたげだった。

「変じゃない？」

『他者と比べることほど無意味なものはない。それに我は初めから知っている。お前は森に生きるべき者なのだ。人の世に煩わされる必要はない。したいように生きて、それを楽しく思えるならそれでいいだろう』

正直、森に生きるべき者という言葉の意味がよく分からない。確かに人の世を離れ森で生活することを好んでいるが、そうすべきと言われるのは何故なのか。

アルが考え込んでいると、バッグから抜け出してきたアカツキがグイッと伸びをしながら言う。

「たぶん狐君も言っているんでしょうけど、俺はそんなこと気にする必要ないと思いますよ？感じ方や生き方は人それぞれ。誰かに合わせず自由に生きていけるなら、それでいいんじゃないですか？　俺も正直、アルさん以外の人にはあまり関心を持てないって、今回のお出かけで感じました」

街歩きを楽しんでいるように見えたアカツキだが、それは目新しい物や美味しそうな物を目にすることに対してであり、そこで生きる人々に対しては関心を抱かなかったらしい。アカツキは人との付き合いを切望しているのだとアルは思っていたが、それは間違いだったのか。

「さて、夕飯は何にしますかー？　なんならダンジョンから食材持ってきますよ？」

「……今日はちょっと疲れましたし、手軽な料理がいいですね」

「アルさん基準の手軽とは……？　俺の基準で言うと、ご飯に出汁《だし》をぶっかけるだけになっちゃうんですけど」

『肉だ、肉！　肉があればそれでいい！』

ブランとアカツキに生き方を肯定してもらえたことで、生じた不安感が薄れた気がした。今を楽しめればそれでいい。そう考えると楽だ。

「あ、最近鰻《うなぎ》の養殖を始めたんです！　うな丼食べましょう！」

「ウナドン？」

『ウナギってなんだ。それは肉か？　旨い肉ならいいぞ』

アカツキが提案するメニューには『ドン』とつく料理が多い気がする。コメに具材をのせた料理全般に『ドン』をつけるのだろう。

「え、鰻を知らない……？　こう黒くてニョロッとしてる魚ですよ」

「それ、ウミヘビでは？」

『魚か……。うむ、たまには魚も良いな』

「ウミヘビじゃないっすー！　とりあえず持ってきます！」

そう言った途端、アカツキの姿が消えた。自分のダンジョンに転移したのだろう。

まだ『ウナドン』という物の詳細を聞いていないし、作るとも言っていないのだが、アカツキがそれを食べたいと言うなら仕方ない。恐らくほとんど参考にならない知識しかアカツキは持っていないだろうから、なんとか鑑定の能力が役に立ってほしいものである。

「『ドン』というくらいだから、コメを炊いておいた方がいいんだよね？　後は、ミソスープも作っておこう。野菜とお肉を入れたボリュームのあるものにするね」

『手軽と言いながら、結局手の込んだ物になりそうだな』

「手を抜きたい気はあるけど、美味しくて楽しい食事が一番の疲労回復法かなって思って」

『うむ。しっかり飯を食うのは大切だ』

ブランが偉そうに頷く。その態度にはちょっと納得がいかないが、言っていることは間違っていない。ブランを撫でて毛を乱し、僅かな不満を発散した。

『のわっ、何をする!?』

「ちょっと、態度にイラッとした」

『我はいつも通りだっただろう！』

「いつも偉そうっていう方が問題じゃない？」

『我は偉大な聖魔狐《セントフォックス》なのだぞ！』

「ブラン、自己評価を間違うのは良くないって自分で言ってたでしょう？」

『我の自己評価は間違っておらんぞ！』

キャンキャンと抗議してくるブランを足元に纏わりつかせたまま、アルは軽い足取りで調理場に向かう。ウナドンとはどういう物なのか楽しみだ。

グリンデル国の追手やカルロスと話したことを、既にどうでもよいことだと思っている自分に気づいたが、アルはそうなっても別に問題はないだろうと、ただ受け流すことにした。


暫くして、アカツキが歌いながら帰ってきた。

「う〜な〜ぎ〜、うっなぎぃを〜食べよぉお〜」

調理場から振り向いたアルに駆け寄ってくると、アカツキは虚空に手を突っ込む。卵を持ってきた時のような失敗は繰り返さなかったらしい。

現れたのは水とウナギらしきものが入った透明な袋である。アルは、ウナギよりもまず、得体の知れない素材でできた袋の方に意識が囚われた。

「なんですか、これ？」

「え、鰻ですけど？」

「いや、中身じゃなくて、この袋」

麻袋などと同じような形だが、驚くほどの透明感と見かけによらない頑丈さがあるようだ。

縛られた袋の口を触ったり引っ張ったりしつつ分析していると、アカツキがハッと息を呑んだ。

「普通にダンジョンに出してもらったけど、もしかしなくても、プラ袋とかこの世界に無い物ですね!?」

「見たことも聞いたこともないですねぇ」

透明な袋はプラ袋と言うらしい。ツルツルした質感で、ガラスの仲間なのかと思ったが、アカツキのたどたどしい説明によると全く別の物質を原料にして作られた物のようだ。

鑑定してみると、『長い年月をかけて生まれた液状油を分離精製し、どうにかこうにかして固めた物質に似ている物』と出てきた。

どうにかこうにかって何だ？　かつてないほど投げやりな説明文に僅かに困惑する。似ている物、と最後についている時点で、その前の説明文が全く意味を成さず、結局何も分かっていない気がするのだが。

「袋はどうだっていいんです！　欲しかったらいくらでも創ってきますから。それより、鰻ですよ、鰻！」

アカツキがペシペシと袋を叩く。それに合わせて水面が揺れ、中に入っているウナギが慌ただしく泳いだ。

『……共食いか？』

「共食いをするんですか？」

「俺は、鰻じゃないぃ！」

思わず似た見た目のアカツキとウナギを見比べると、憤慨した様子で喚かれた。確かにアカツキには毛があるし、長い耳も尻尾も手足もある。魚類と哺乳類っぽい見た目という違いもある。アカツキの今の姿を、普通の動物と同じような分類をしていいものなのかどうかはともかくとして。

「揶揄《からか》うのはこれくらいにして――」

「なんで、俺を揶揄うんですか⁉」

「キリキリと、ウナドンとやらの情報を吐いてください」

「俺の抗議無視された⁉」

『うるさい』

ブランがアカツキの頭を踏みつける。強制的に黙らされたアカツキを放って、アルは改めてウナギを鑑定した。どうやら捌《さば》き方と簡単な調理法は教えてくれるようだ。常々思うことだが、この鑑定の知識の偏り方に疑問を感じる。

「たくさんあるので、とりあえず捌きますね」

『長ひょろくて、腹いっぱいになるには量が必要そうだな』

「それは、ブランの方で加減して？　コメと具沢山ミソスープで足りない分は補ってよ」

『むぅ、コメで腹を膨らませるのか……。スープは具をたくさん注いでくれ』

「分かってるよ」

ブランと話しながら次々にウナギを捌いていたら、拘束から抜け出したアカツキに恨めしげな目で見つめられた。

「ウナドンの作り方は思い出しましたか？」

「……鰻を開いて、炭で焼くんです。タレは甘めの醤油ですかね」

「ショウユを甘くするの好きなんですね」

「もう、それが国民の味的な……」

不満よりも食欲が勝ったらしく、大人しく説明しだすのを聞く。その作り方は鑑定で示された物と同じのようだ。

それならば作るのは簡単だと、捌き終えたウナギに串を刺し、トレイの上に重ねていく。

その後、ショウユやミリン、ニホンシュ、砂糖を合わせて鍋で煮詰め、タレを作った。とろみが出てきたところで火から下ろす。

「炭焼き……、炭？」

『炭なんてあったか？』

普段の野営時は薪か魔道具で火を起こす。炭はあいにくと持ち歩いていなかった。そもそも炭を使って調理するという場面はあまりない。一般での需要がない炭は街での入手が難しいのだ。アルもわざわざ買い求めたことはない。

「フライパンで焼くのは、なんか違う……」

アカツキが悲しげに言う。ウナギを焼くのに炭は必須の物らしい。薪で焼いてもあまり変わらない気がするが、一応アイテムバッグの中を探った。

「あ、これ、炭だ」

「炭あったんですか！　やったー！」

急にテンションが上がるアカツキを尻目に、アルはどんな表情を作ればいいのか分からなかった。訝《いぶか》しげな様子のブランに対し、小さく炭の正体を口にする。

「ほら、魔の森で、ブランが燃やした不可視の魔物」

『……魔物の死体でウナギを焼くのか』

魔物であるブランからしても、それは何とも言い難《がた》いことらしい。引《ひ》き攣《つ》った顔で反芻《はんすう》していた。

普通に考えて、魔物の死体は燃料にならない。だが、鑑定で炭と示されているのだから、木炭のように使える可能性がある。

「鰻のかっばやきぃ」

期待に満ちた声を上げて走り回っているアカツキには、炭の正体は伝えないことにした。

満天の星の下。

アルは砕いた炭に火をつけ、大量のウナギを焼く。ウナギの脂が炭に落ち、なかなか煙いが

良い香りがする。その近くでブランとアカツキが必死に炭を扇《あお》いでいた。

『おい、まだか!?』

「タレを付けてから、もう一回焼くよ」

『もう十分な火力あるだろ!? 扇ぐの止めるぞ！』

「うん、もういいかも」

アルがそう言った瞬間に、ブランが薄い板切れを放り出し、仰向けに倒れ込む。それを見たアカツキも、真似《まね》して倒れていた。

「全然、お手軽料理じゃなかったっすね……。なんか、ごめんなさい」

息も絶え絶えになりながら謝るアカツキを見て苦笑した。そんなこと今更気にしなくてもいいのに、なかなか律儀な性格である。

焼き上がったウナギを串ごとタレにくぐらせてから、再び炭で熱する。ショウユが炭に落ちて、食欲が増す香ばしい薫香が広がった。

『腹減った』

鼻をヒクヒクと動かしたブランが、腹の鳴る音を響かせながら呟く。アルもこの香りを嗅いでいたら急激に空腹を感じた。

十分火が入ったウナギを串から外し、炊き上がったコメを盛った皿へとのせていく。コメにもかかるようにタレを追いがけして、ウナドンの出来上がりだ。アカツキが持ち込んできた粉《こ》サンショウはお好みで。

「ふおおっ！　最高ですね！」

ミソスープと共にテーブルへと運ぶと、既に準備万端で待ち構えていたアカツキが歓声を上げる。ブランは皿に口を近づけ、涎を垂らしながらアルを見上げていた。どうやらアルが着席するまでは一応待ってくれているらしい。

苦笑しつつアルが座ったのを合図に遅めの夕食が始まった。

『おお！　なんだ、この脂ののりは!?　旨いぞ！　炭の香りもいいな！』

「こんなに大量の鰻を一度に食べられるとか、ここは天国かな……」

ウナギを頬張ったブランとアカツキが、目尻が下がった至福の表情を浮かべている。

アルも食べてみたが、口に入れた瞬間に広がる香ばしいショウユの味とウナギの脂の甘みに、思わず感嘆の息が零れた。サンショウのピリッとした爽やかな辛みが、ともすれば重く感じかねない脂のりをさっぱりとしたものにしてくれている。

炭焼きだからこそ、皮目のパリッとした食感と身のふっくら感を同時に味わえるのだろう。

気づけば皿の上には何もなくなっていた。無心で食べ続けていたようだ。

美味しすぎて食べ過ぎた感じがしたので、食後のハーブティーを用意する。消化を助ける効能があるハーブを使った物だ。

さすがにお茶菓子はいらないだろうと判断したら、ブランに何か言いたげに見つめられた。

その視線が意味する要求には気づかない振りをする。

「満腹じゃー」

「美味しかったですね」

『……実に旨かった』

口々に感想を言いながら、のんびりと過ごす。見上げた空に星が流れていった。

「あ、流れ星！　何かお願いしました？」

「流れ星とお願いの関係性が分からないんですけど」

「え？　この世界だと、流れ星にお願いとかしないのか……。星が流れて消える前に、三回お願い事を唱えられたら、それが叶《かな》うっていうおまじないですよ」

『そんな簡単なことで願いが叶うなら、世界は滅茶苦茶《めちゃくちゃ》になるな』

アカツキの説明にブランが小馬鹿にしたように呟く。そう言っている間にも、空には一筋、二筋と光の尾がたなびいていた。今夜はやけに流れ星が多い。

「これだけたくさん流れていたら、一度くらいは三回唱えることもできるかもしれませんね」

「じゃあ、誰が三回唱えられるか勝負しましょう！」

『勝負か。よかろう』

馬鹿にしていたはずのブランが思いの外乗り気であるので、アルはそっと苦笑した。ブランは単純で負けず嫌いなのだ。

二人はどんな願い事をするのだろうかと考えながら、次の流れ星を待つ。

「……なんで来ないの⁉」

『首が疲れた』

「これは、願い事は叶わないってことでは？」

待てど暮らせど、流れ星がやって来ない。さっきまではたくさん流れていたというのに、アルたちの思惑を察したかのような展開だった。

「えー……」

『勝負は流すか』

アカツキが項垂れ、ブランがどうでもよさそうに呟いて欠伸《あくび》をするのをよそに、アルは綺麗《きれい》な星空を見上げ続けた。

視線の先で光が瞬き、スゥッと儚《はかな》い線を描く。急な展開であったため、思わず声を出さずに心の中で願い事を唱えていた。

「……さて、そろそろ湯浴みして、寝ようか」

『湯には入らん！』

「はぁい。俺、今日こっちで泊まっていいです？」

「お好きにどうぞ」

逃げ出そうとしたブランを捕まえつつ、ワクワクとした表情のアカツキににこやかに答えた。

四十八．透明な境界

鬱蒼《うっそう》と草木が茂る魔の森の中を、アルは慣れた様子で歩いていた。

「全然あの不可視の魔物出てこないね」

『うむ。特定の場所にしかおらんのかもしれんな。一度、我だけで見回って来るか？』

樹上から辺りを見渡していたブランが過保護なことを言ってくるので、アルは苦笑した。不意を突かれたあの時でさえ、無理なく対応できたのだ。ブランがそこまで手を掛ける必要はないように思える。

「出遭った時に対処する程度でいいよ。それより、冒険者ギルドで受けた依頼の薬草、もう必要分を集められたんだけど、いつ報告に行こうか。また面倒な人たちに絡まれたくないんだけど」

『……もう暫く時間を置いた方がいいんじゃないか。あの追手どもが、そう簡単に諦めるとは思えんが、魔の森の中まで追ってくる者たちではあるまい』

「う〜ん、でも、依頼の達成期限があるんだよねぇ」

ブランの言うことは尤もだが、アルにも事情がある。ギルドで受けた依頼を期限内で達成できないと、ペナルティーを科されてしまうのだ。冒険者ランクを上げようと思って受けた依頼で、逆にギルドからの覚えを悪くしてしまうのもなんだか嫌だ。

『じゃあ、パッと行ってサッと帰ってくるか』

「そう上手《うま》いこと行けばいいねぇ」

『不吉な言い方するな！　行きたいと言ったのはアルだろう！』

「ごめんごめん。転移魔法を駆使すれば大丈夫じゃないかな」

ちょっと楽観的すぎる気もするが、まだ起きていないことを不安に思うのも、精神的に良くない気がする。たとえグリンデル国の追手や風来坊皇子が近づいてきても、アルはどうとでも対処できるのだから、深く考えたところで意味はないだろうし。

「生きて連れ帰る指令を受けているはずなのに、魔法で攻撃してきたのは少し気になるけどね」

『ああ、確かに、あれは言っていることとやっていることに矛盾があったな』

樹上からの警戒が終わったのか、跳び下りてきたブランがアルの肩に乗る。それを合図にアルは再び森の奥へと歩き出した。

「そう言えば、アカツキさんが『良い物作って来る』って言っていたの、何だと思う？」

『逃げるための言い訳じゃないか？』

「……否定できない」

アルたちが魔の森探索に出掛けるにあたり、一緒に来るかとアカツキを誘ったのだが、とても慌てた様子で用事があると言って断られたのだ。

これまでにも何度も同じように誘っているのだが、未だに成功したためしがない。アルたちと一緒に過ごしたいと思っているなら、そろそろ探索にも慣れてほしいのだが、無理強いするほどでもないかと手を出しあぐねている。

「まあ、正体不明の魔物の対処法が分かるまで、アカツキさんの魔の森デビューは延期かな」

『あれは精神が軟弱すぎる。自身が魔物を生み出し管理する立場のくせに』

ブランがなかなか手厳しいことを言う。アルは苦笑しつつ、その言葉を受け流した。アカツキにはアカツキなりの考えがあるのだろうし、アルたちの考え方を押し付けるのも躊躇われる。

そんなことを考えていたら、不意にブランが纏う雰囲気を張り詰めさせた。その変化を瞬時に感じ取り、アルも神経を尖《とが》らせ周囲に視線を走らせる。しかし足を止め、耳をそばだてても、異変は捉えられなかった。

「……なんか、あった？」

『微妙に、空気が変わった気がするぞ』

アルには感じ取れなかったが、ブランの警戒感は緩まない。その相棒の感覚をアルは一番信頼しているので、いつでも剣を抜けるようにと油断なく構えた。

変わらぬ風が木の葉を揺らす。靡《なび》く草木が騒めくも、魔物の声一つしない。

そこで、アルはそれこそが異常だと気づいた。森の中では鳥や虫の声がするのが常である。しかし、今は生き物の音も気配も消失していた。

「おかしいね。変な空間に迷い込んじゃったかな」

『アカツキのダンジョンほどの変化じゃないが、今までいた場所とは少しずれている気がするな』

「……とりあえず、来た道を戻ってみようか」

暫く警戒していたが、続く異変は一向に現れなかった。そこで打開策として提案してみる。状況は異常だが、命の危機を感じるほどでもない。

暫く悩みつつ周囲を警戒し続けていたブランが、地面に下り立ち大きな姿へと変化した。森などの障害物が多い空間でとることが多い中型サイズだ。

『我の傍《そば》を離れるなよ』

「分かった」

ブランに寄り添うように立ち、来た道を戻る。何か異変が生じたら、ブランはアルを乗せて逃げるつもりなのだろう。言われずともその考えを察するくらいにはブランとの付き合いは長い。

暫く歩くと、不意に鳥の囀《さえず》りが聞こえてきた。同時に虫の音やどこかで嘶《いなな》く魔物の声も押し寄せてくる。聴覚を強く意識していたので、その変化があまりに大きく感じられた。

「……結局、音以外の変化はなかったね」

『うむ。あの魔物も現れなかったからな』

肩透かしを食らった気分でブランと視線を合わせて首を傾げた。いまいち事態の危険度を測ることができない。

「どのあたりから変化があるか調べるために、もう一回行こうか」

『……お前は、本当に好奇心が旺盛すぎるな。放っておけばよかろうに』

呆れたため息をつくブランだが、殊更止めようとはしないところを見るに、恐らくアルが言うことを予想し既に受け入れていたのだろう。アルはその小言を受け流して踵《きびす》を返《かえ》した。

「……あ、ここが境界かな」

『そうか？　もうちょっと戻ったところじゃないか？』

「えー？　絶対ここだって」

『……うむ。そう言われれば、そうかもしれん』

何度も行ったり来たりを繰り返していると、異変が生じる位置が少しずつ分かってきた。そこを起点に左右に歩を進めてみると、境界が僅かに湾曲して作られていることが分かる。まるで、魔の森の奥側に中心点を置く円が描かれているようである。

もし本当にこれが円状だったとして、境界線の湾曲率を考えると、中心点との距離は五百メートルほどだろうか。もしこの境界線が結界か何かによるものだとしたら、驚くほど広大な面積を覆っていることになる。

「これ、何なのかな……」

境界線上を歩きつつブランと話す。ちょっと位置がずれるだけで、途端に雑音が消える感覚が何だか面白くなってきた。既にブランに呆れた表情でため息をつかれていたので、その感想を口に出すことはしなかったけど。

『いつまでここを歩くつもりだ？』

「気が済むまで」

『……それは、一年後か？』

「いや、さすがにそこまでは……」

ブランの冗談めかしつつも咎める言葉に苦笑する。一年もこんな場所を歩くなんてことがあり得ないのは双方ともに分かっていたが、ブランはアルのちょっと常識外れな熱意を警戒しているらしい。魔道具作りにおいて、引くほどの熱量で作業していた姿と今の姿が重なったのかもしれない。

「魔道具を作るときほどの探求心は、今のところないよ？」

『それを聞いて、心底安心した』

本心としか思えない言い方だった。ブランはアルの魔道具愛をどうにも誤解している気がする。僅かな不満を持ってブランの横顔を見つめると、尻尾で背中を叩かれた。その勢いにたたらを踏んでしまうと、木々の隙間から見覚えのある物が見える。

一本の木にたわわにオレンジ色の果実が生《な》っていた。

「あれ、ココナじゃない？」

『おお、そうだな！　今すぐ収穫に……って違う。ここはあの魔物がいたところじゃないか。気配は……ないな』

好物の果実を見て一瞬状況を忘れてテンションが上がったブランだが、アルの生温かい視線に気づき、すぐに取り繕った態度で周囲を見渡した。油断していない風を装ったところで、既に無駄だと思うのだが。食欲に素直なブランにアルはため息をつく。アルの好奇心をブランがどうこう言えるものではないと思うのだ。

そう思ったところで、自分の好奇心がブランの食欲に並ぶくらいなのだと気づいてしまって、アルはちょっと情けなくなった。もう少し控えめにしていこうと秘《ひそ》かに決意したのは、周囲を警戒しているブランには内緒だ。


暫く周囲を探し回ったが、結局アルたちには境界があるという事実しか分からなかった。

魔の森探索を切り上げて家に帰ってきたアルは、たくさんの料理を作り始める。探索で思ったような成果が得られなかったストレスの解消を兼ねていた。

メインメニューは、揚げた森豚《モリブタ》や野菜に酸味のある餡《あん》を絡めた物。アカツキ曰く、スブタという料理らしい。

煮豚の細切れとネギ、コメを卵と絡めて炒めた物と野菜の上に蒸《む》し鶏《どり》をのせたサラダ、卵スープを添えている。

「おぉ、酢豚うまー。チャーハンも最高です！」

「口に合ったようで良かったです」

食事中、幸せそうに頬張るアカツキを見て、アルは微笑《ほほえ》む。自信作ばかりだから美味しいのは当然なのだが、褒められると嬉しくなるのもまた自然なことだった。

『おかわり！』

「もうありません」

無言で食べ進めていたブランが皿を押し出してくるので、笑顔を作って押し返す。途端に衝撃を受けたようにブランが固まった。いつでも言えば追加が出てくるとは思わないでほしいものである。

その後、ブランが視線を向けた先にいたアカツキは、これまでの経験から学んだのか体全体を使って自分の皿をブランから隠していた。食べにくそうな体勢になっているが、横取りされないことの方が大事なのだろう。

食事一つに必死になっている二人には苦笑を禁じ得ない。

『……それで、明日はどうするんだ？』

「どうしようかな？　結局あの魔物には出遭えなかったし、もっと奥を探索してみてもいいけど。先に街に行って依頼を達成しておく方がいいかな」

夕方まで不審な境界線上を探索して回ったのだが、新たな発見は一つもなかった。以前いた不可視の魔物も現れず、完全に肩透かしを食らった形だ。もしかしたら、あの魔物は相当珍しいものだったのかもしれない。

「あ、街に行くなら、これ使ってください！」

口に詰め込んだ物を必死に飲み込んだアカツキが、虚空に手を突っ込んで何かを取り出した。

「布？」

「布です。おそろい！」

機嫌よく尻尾を振るアカツキだが、布を受け取ったアルは困惑を隠しきれない。

アカツキに渡されたのは姿隠しの布だった。ただし、アカツキが自身に使っていた物よりも随分と大きい。

アルはアカツキに説明を求めるより先に立ち上がって布を広げてみた。

「あ、もしかして、マントになってる？」

「そうです！　しっかり縫ってきました。アルさんでも体全体を覆えるくらい大きいですし、ここにファスナーがあるので風が当たっても捲《めく》れにくいんですよ！」

「ファスナー……。へぇ、面白い仕組みですね。なかなか緻密な構造だ」

『毛が絡まったら痛そうだな』

目新しい仕組みの細工物が布の端に付けられていた。それを動かして観察していたら、一緒に布を眺めていたブランが鼻面に皺《しわ》を寄せて離れていく。舞っていた抜け毛がファスナーに絡まったのを見たからのようだ。アルは苦笑しつつ絡まった毛を抜く。

「これを羽織って街に行けばいいということですか」

「そうです！　ギルド内では使えないですけど、道端で変な輩《やから》に絡まれるのを防ぐには良いと思いますよ！」

「なるほど。確かにそうですね。……ギルドで待ち伏せされていなければ」

嫌な可能性をつい口にしたら、それを聞いたブランがゆるりと尻尾を振った。

『それはないだろう。あやつらは表立って動けるような立場じゃない』

「そう言われてみればそうか」

追手たちは冒険者を装っている雰囲気ではなかったので、いつやって来るとも分からないアルをギルド内で長時間待ち伏せることは不可能に近い。ギルドの職員に不審に思われ咎められることになるので、目立つことを忌避すべき彼らの立場を考えたら取りえない手段だろう。

もしギルドの出入り口を見張っていたとしても、すぐに用件を済ませて姿を消せば問題ない。ギルドのある大通りで魔法攻撃を仕掛けてくることはさすがにないだろう。

風来坊皇子カルロスも同様だ。彼がどういう立場でこの国にいるのかは分からないが、普通の宿に滞在している様子と彼が『逃避』と語っていた様子を見るに、身分を偽っているのは間違いない。たとえ彼が冒険者の身分を持っていて、アルとギルド内で会ったとしても、わざわざ近づいてくるとは思えなかった。

「じゃあ、これを使って、明日は街に行こうか」

『うむ。だが、屋台には寄れんな』

つまらなそうに呟くブランの頭を撫でる。アカツキはどうするのかと視線を向けると、短い腕を交差させるという謎のポーズをとっていた。

「俺は遠慮させてもらいますー。お店とか寄れないっぽいし。それに、俺、今はちょっとやってることがあって、忙しいんですよねー」

「そうなんですか？　じゃあ、明日はさっさと用事だけ済ませてきますね」

アカツキの忙しいという言葉に若干不安を感じたが、アルは聞かなかったことにした。さすがに領域支配装置の二の舞は演じないだろう。きっと。

自分に言い聞かせる度に不安が大きくなる気がしたので、適度なところでアカツキの様子を窺いに行こうと秘かに決めた。


翌日。借りたままだった宿を経由して、姿を隠しギルドに向かう。姿を隠した状態で人混みを通ろうとするのは難しいとすぐに判断し、人気のない道を使って遠回りしたため少し時間がかかってしまった。

ギルド傍の路地で姿隠しの布を脱ぎ、急ぎ足でギルド内に入る。隠れて様子を窺うような視線は感じられなかった。ブランにも確認のために視線を向けると、無言で首を振られる。ブランでも感知できなかったようなので、ここに監視員は置いていなかったと考えても良さそうだ。

「依頼の達成を報告しに来ました」

「お預かりします」

ギルドのカウンターが空いていたので、すぐに職員に手続きをお願いした。依頼されていた薬草と依頼書を一緒に出すと、その品質や数を調べて報酬が出される。アルからすると非常に微々たる額なのだが、それは気にしない。この依頼を受けた目的はギルドランクを上げることなのだから。

「アルさん、冒険者ランクを上げられますが、どうしますか？　ランクアップ試験は直近ですと来週行われる予定です」

「あれ？　まだランクアップのためのポイントには足りないと思っていたのですが」

「……国の事業に協力されたでしょう？　あれがポイントとして加算されていますので」

職員が小声で説明してくれたことに納得する。

本来ギルドは依頼達成でしかポイントの加算を行わないのだが、国の事業への協力をギルド貢献と捉えてポイントを付けてくれていたらしい。

職員の様子を見るに、ギルドのルールから少し外れているようだが、アルは大人しくその厚意を受け取っておくことにした。

「Cランクに上がるとなると、実技試験ですか？」

「そうですね。試験官との試合になります。アルさんは……剣技で申し込みますか？　それとも、魔法ですか？」

「うーん……じゃあ剣で。来週の試験を申し込みます」

魔法では試験官を吹っ飛ばしてしまう予感しかしない。手加減をしやすい剣の方が安全だろう。実力を測るという試験の意義には沿わないかもしれないが。

アルと同じことを考えたのか、ニヤリと笑ったブランの頭を軽く叩いておく。どう見ても、魔法の手加減の下手さを揶揄っているようにしか見えなかったからだ。

「あ、待ってください、アルさんに指名依頼が来ています」

用件を済ませて立ち去ろうとしたら、職員に慌てて呼び止められてしまった。何だか嫌な予感がする。ブランも落ち着かない様子で尻尾を揺らした。

「こちら、研究所のヒツジ様からのご依頼です。何でも、近日中に研究所に来てほしいのだと」

「ヒツジさんですか……」

依頼書に目を落とすと、依頼者名は確かにヒツジとなっていたが、その背後にいるだろう人物を無視することはできない。確実にソフィアからの依頼だろう。

今度は一体どういう用件なのだろうか。魔道具談義をしたいという程度ならいいのだが。

「一応指名依頼を断ることはできますが、この方の依頼はお受けすることをお勧めしますよ？」

『断れ、断るんだ、アル！』

カウンターに跳び乗って、バシバシと依頼書を叩きながら訴えてくるブランは、相当ソフィアたちに反感を抱いているようだ。職員が驚いているので、慌てて回収して腕に抱いた。

ソフィアは魔道具への愛という点においては非常に良い語り相手なのだが、その公的な立場と前回結果的に厄介事に巻き込まれた点を考えると、アルも二の足を踏む。だが、絶対に断りたいと思うほどではない。

「――ここのギルドは、僕にとって鬼門だったのかもしれない」

結局受け取ってしまった依頼書を見て、ギルドから出たアルはため息をついた。

鬼門とは、遠い国において不吉な場所を指す言葉らしい。子どもの頃に読んだ本に書いてあった。

前回に引き続き今回もギルド訪問を契機に厄介事が舞い込んできたとしか思えない。アルのギルド訪問は片手で数え切れるくらいしかないので、驚くほど高い厄介事遭遇率である。

『だから、依頼を断れと言っただろうに』

「話を聞いてみるくらいはしてもいいでしょ。その結果次第で、この街を離れるか決める」

不満げに顔を歪めているブランに言い切ると、頬にパンチをされた。ヒョイと肩に乗り、さらに頭を叩いてくる。さすがに叩き過ぎだと思う。

来週、ランクアップ試験を受けた後に研究所を訪問するとギルドを通して伝えてもらっている。ヒツジたちの話がどういうものなのかは分からないが、少しずつこの街を離れる準備をした方が良さそうだ。


用事を終えた後は寄り道をせずに街を離れ、アルたちは魔の森探索に向かった。

「今日こそはこの境界について調べようね」

『いや、放っておいてもいいと思うがな？』

ここに来るのも三度目である。見慣れた気がしてきたココナの木を目印に、アルは見えない境界線を透かし見るように目を眇めた。

そんなアルの肩に陣取っているブランは些か呆れ気味のようだが、ため息混じりの小言を呟くだけだ。不可視の魔物を警戒するのに慣れてきたらしく、一時期の神経を尖らせた雰囲気が和らいでいる。

「この辺には魔物の気配はないよね？」

『うむ。不可視の魔物どころか、普通の魔物の気配もしないな』

ブランが頷く。それを聞いて、アルは首を傾げつつ歩を進めた。

境界を跨ぐと生き物の音が消え、木々の騒めく音が心なしか大きく聞こえる。これまではここから奥へは進まなかったのだが、今日はブランの感覚を信じて一歩踏み出すことにした。

「――あれ？」

『なんだ、これは……』

奇妙な感覚を覚える。見える景色は先ほどまでと変わらないのに、立っている場所が違う気がした。

思わずブランと顔を合わせる。この現象への意見を交わしてみるも、明確な答えが出ない。

ブランが周囲を見渡した後に近くの木を駆け上がっていった。すぐに見えなくなったその姿を追うように見上げていたら、白い塊が落ちてくる。地面に下り立ったブランが盛大に顰めた顔で口を開いた。

『アル、今すぐ家の転移の印を調べろ』

「え、うん」

不思議に思いつつ転移の印を探ると、思いもよらないほど遠くに印があることが分かり、アルも顔を顰めた。

「もしかして、気づかないうちに転移させられた？」

『というより、境界線で囲われた場所を通り越した、という方が正しい気がするな』

ブランの言葉を聞いて、先ほどまでいた場所と現在地の位置関係を、転移の印を基準に考えてみる。確かに円状に展開された境界を真っ直《ます》ぐ飛び越えた位置にアルたちはいるようだ。

不意に魔物の気配がする。これまでより格段に強い気配だ。意図せず魔の森の奥深くまで来ていたので、出現する魔物が強いのも不思議ではない。

「これ、普通の冒険者だったら絶体絶命の状況だよね」

『実力に合わない場所に突然投げ込まれたら、たいていの人間はパニックになったまま死ぬだろうな』

冷静に状況を分析しつつ、タイミングを測って跳び退いた。

――バンッ。

先ほどまでいた場所に土の弾丸が撃ち込まれる。それを横目で確認し、木の陰から現れた魔物に剣を振りかぶった。

「おっと……」

『だからっ、お前は、いつまで、森を破壊するつもりだっ!?』

「これは不可抗力！」

剣から放たれた魔力波により数本の木が切断され、地響きを上げて倒れた。魔物は樹上に逃げたのか姿が見えない。

『上だぞ』

呆れたように怒るブランに言い訳しつつ、魔物の気配を探る。

「そういうことは、早く言って！」

欠伸混じりの警告を受けて、襲いかかってきた魔物に咄嗟《とっさ》に反応し、剣で斬りつける。魔力をあまり込めていなかったが、普段からアルの魔力に馴染《なじ》んでいる精霊銀の剣は、厚い魔物の皮を一太刀で斬り裂いた。

重力に従って落ちてくる巨体をすれすれで避け、何故か寛いでいるブランの傍で立ち止まる。

『これくらい、寝ながらでも倒せるくらいになれ』

「寝ながら戦うのは、人間には無理だからね？」

『余裕を持てと言っているのだ』

抗議の意思を込めて見つめたら、ブランが鼻で笑った。自分なら余裕でできると言いたげな態度に内心ムッとする。アルだって、ブランの援護がなくともこれくらいの魔物は倒せるのに、どうにも馬鹿にされている気がしてならない。

「……そう言うなら、たまにはブランが倒してみなよ」

『我が手を貸してばかりいると、アルの戦闘の感覚が鈍るだろう？　我の優しさだ。ありがたく受け取れ』

怠け者なブランに文句をつけると、さも当然と言いたげに胸を張られた。物は言いようだな、とアルは胸中で呟く。とりあえず、今日の夕飯は野菜尽くしにすることに決めた。嫌がらせだ。

ため息をつきながら、討伐した魔物を回収する。戦闘時に鑑定をし忘れていたのだが、猿型の魔物グラモンファンであったようだ。木々を飛び回る高い機動力を持ち、土の魔法を操る魔物である。その強さはBランクほどで、魔の森の奥地に生息すると言われている。

「さて、これからどうするかな」

『元いた場所に戻るか？』

「歩いて？　というか、もしかして、来た方向に進めば、また境界で囲われたところを飛び越えて戻れるのかな？」

『その可能性もあるな』

肩に跳び乗ってきたブランと顔を見合わせる。軽く肩をすくめて、家がある方向を目指して歩き出した。だが、戦闘中にだいぶ移動してしまっていたのか、なかなか境界線に辿り着かない。

「……おかしいな」

『戦闘中にこんな距離は移動してないぞ』

「だよね」

境界線が想定の場所で見つからない。まさか、こちら側では音が消えるなどの目安がないのだろうか。

とりあえず歩を進めているのだが、一向に境界線はなく、このまま元いた場所まで歩いて辿り着いてしまうのかと首を傾げる。円状に境界線があるという予想は間違っていたのだろうか。

疑問から足が鈍りだしたアルだったが、不意にブランが周囲を睥睨《へいげい》したことで状況が一変した。

肌がひりつくような緊張感。何かがアルたちに近づいてきている。それは一、二体どころではない。少なくとも十体はいるだろう。

『……アル、あれと同じ気配だ』

「あれって、不可視の魔物？」

『ああ。これだけの数がいると、気配を隠す気もあまりないようだが』

「確かに、僕にも結構感じ取れるからね」

もしかしたらブランはアルよりも正確に数を把握しているのかもしれないが、この状況下で把握できる数が多少違ったところで大きな問題はない。

魔物に囲まれているという状況はだいぶ危機的なのかもしれないが、正直いざという時は転移魔法で逃避という奥の手があるので、そこまで不味《まず》いとは思えなかった。

「なんで急にこんな団体さんで来るのかな」

『よほどアルの動きが目に余ったんじゃないか？　境界が結界に類する物なら、それを管理している者がいたはずだ。境界線をウロチョロと動き回る奴《やつ》は当然目障りだろうよ』

「……確かに」

ブランの言葉に思わず唸ってしまった。今まで気にしていなかったが、自分に置き換えて行いを顧みると、喧嘩《けんか》を売っていると捉えられても仕方がない気がする。誰だって、自分の家の周りを長々とうろつかれるのは嫌だろう。

「もし管理者に会えたら、誠心誠意謝ろう」

『魔物を唆《けしか》けてくる方もどうかと思うがな』

アルの呟きにブランが吐き捨てるように返答しつつ、肩から跳び下りた。一瞬で姿を変え、大きく口を開く。その動作に嫌な予感がして、アルはブランへと手を伸ばした。

「え、ブラン、ちょっと……」

『鬱陶しいっ！』

アルが止めた甲斐《かい》なく、ブランから火が吐き出された。周囲を蹂躙《じゅうりん》する火炎により熱せられた空気が一瞬で押し寄せてくる。

慌てて周囲に結界を張り、熱を遮断した。アルは人間なので、灼熱《しゃくねつ》の空気だけでも熱傷の危険性があるのだ。

「……ブラン？」

『わ、我は、悪くない！』

じろりと睨み据えると、ブランの目が忙《せわ》しなく左右に泳いだ。

周囲を見れば、木々が燃え、結構な範囲が焼け野原状態になっている。魔物たちも一掃されたのか気配を捉えられなかった。

魔の森なので、この状態を放置しても自然と鎮火し森が再生されることは分かっている。だが、いつまでも火に囲まれた状態でいるのは精神的に良くない。魔法を詠唱し、周囲に雨を降らせた。

「ブランは、いつまで森を破壊する気かな？」

グラモンファンとの戦闘時に言われた言葉をブランに投げると、耳が伏せられた。それは反省を示した態度なのか、それとも文句は聞かないという意思表示なのか。

ため息をついて結界を解き、未だ煙が立ちながらも若芽が出だした地面へと歩き出す。まだそれなりに熱いのに、すぐさま再生を始める魔の森の強さには改めて驚く。地中にあった木の根も無事だったのか、時間をおけば元通りに森が復活しそうだ。

「ああ、やっぱり丸焦げだね」

『……すまん』

魔物の残骸らしき物を見つけたところで、漸《よう》くブランが謝った。以前、アルが鑑定のために原形を保つよう注文をつけたことを思い出したらしい。

反省を示すようにすり寄ってきた頭を撫でる。ブランが手っ取り早く安全性を確保しただけなのは分かっていた。火を放つということが魔の森に大きな影響を与えないことも。

アルは肩をすくめてブランを許した。そもそも、敵を排除するという第一目標は見事達成しているのだ。アルが文句を言い続けるのも、あまりに心が狭い行いだろう。

「さて、相手はどう出るかな？」

『なんの反応もないと、些か寂しいな』

「盛大に喧嘩を売ったようなものだしね」

『うっ……。そんなつもりではなかったのだが……』

ブランと会話を交わしながら、木々の先へと目を凝らす。新たな変化が訪れようとしていた。

四十九．浮世離れ

焼け野原の先に続く森の木々が騒めく。

不自然に響くその音に、アルは目を眇めた。何か得体の知れないモノが忍び寄ってくるような不気味さを感じる。

『招かざる者は敵か味方か』

「むしろ、僕たちの行動は、招いていたようなものだと思うけど」

『むぅ……この間アルの荷物から発掘した本にあった、カッコいいシーンの台詞《せりふ》だぞ？』

「いつの間に僕の本を読んでいたの？　というか、そんな台詞がある本を持っていたかな……？」

これまで読んできた本を思い返してみるが、全く見当がつかない。そもそも、アルの持っている本は学術書の類が多く、そのような台詞が書かれた物は滅多にないのだが。

「――気づいていて、それなのか？」

聞き覚えのない声が、アルたちに問い掛けてくる。

「あ、無視していたわけではないんです」

『我は無視していたが』

アルがブランとどうでもいいことを話しているうちに、木の陰から何者かが現れていた。元々そこにいる存在には気づいていたが、予想外な見た目だったので、アルは瞠目《どうもく》し、感嘆の息を漏らす。

何故かドヤ顔で言い放つブランを撫でながら男を観察した。

目が覚めるような美しさを持つ男だ。苦虫を嚙み潰したような顔が、その神秘的なまでの美貌の印象を薄めているが。白銀の長い髪を風に遊ばせ、森で過ごすには些か不便そうな裾の長い服を纏っていた。異国情緒のある装いである。

「なんとも盛大に暴れたものだ」

『魔物を嗾ける方が悪いのだ！』

無残に焼けた森を悲しげに見つめる男に対し、ブランは当然と言いたげだった。正体不明の男が魔物を嗾けたのだと判断しているのに、ブランの態度に過度な警戒感はなく、アルはそれを不思議に思う。

「ふむ……。まあ、ここは魔力でいくらでも再生する魔の森。振るわれた魔力すら新たな養分となって巡るのだから、この森が許容しうる限り、私がどうこう言う必要もないか」

そう呟いた男だが、灰に覆われた大地を見過ごすつもりはなかったらしい。緩やかに腕を振るのと同時に、溢れんばかりの魔力が大地に注がれた。

魔力という栄養を与えられた大地が爆発的な勢いで再生を始める。すくすくと伸びる草花、木々――。

アルが息を呑んでいる間に、灰を覆いつくすように森が再び生まれていた。

『わざわざ魔力を注がずとも、時間を置けば回復するものを……』

「僕は彼の気持ちも分からないではないかな」

アルとしても、焼け野原より美しい森の方が当然好ましいので、男の行動にブランのような呆れを示すつもりはない。

再生した木々によって一時的に姿が隠されていた男が近づいてくる。わずか数歩の距離まで来ても、ブランは明確な敵意を示さなかった。

「さて、私にとっては招かざる敵であるお前たちは、一体何用でここに来た？　わざわざ私が課した試練を越えてくるくらいだ。相当な訳があるのだろう？　これ以上敵対するつもりならば受けて立つが」

「何用……？」

『用、か……』

厳かな面持ちの男の前で、アルはブランと顔を見合わせた。

「用とか、なかったね……」

『アルの好奇心に従って来ただけだからな』

「……は？」

ぽかんと口を開ける男を見て、少し申し訳なくなる。なんだか期待を裏切ってしまったようだ。ブランの呆れ混じりの言葉に返す言葉もないのが、更にいたたまれない。

「……で、あれば、早々に立ち去ってはどうだ？」

「いや、折角なので、この辺を探索したいのですが」

『何が折角なのだ。真正面から嫌がられているのを無視するのは、さすがに良くないと思うぞ？』

「ブランはどっちの味方なの？」

顔を顰める男に願い出ると、ブランに窘《たしな》められた。珍しい展開だ。アル以外の誰かに配慮を見せるなんて、これまでのブランにはありえなかったことである。

『うむ……。我も森を管理する者。許可なき侵入者が鬱陶しいのは理解できる』

「ああ、なるほど」

アルは頷きながら男に視線を戻す。面倒くさいと言いたげな表情を向けられていた。

だが、不意に男の目が見開かれる。アルを凝視したかと思うと、フッと微《かす》かな笑みを浮かべた。

「……物事には然《しか》るべき流れがある。偶然に思える中に紛れ込む必然。なるほど、好奇心か……。これは偶然か、いや――」

『なんか、面倒くさそうなこと言っているぞ。偶然とか必然とか、わざわざ考えるようなことか?』

「こら、茶化さないの」

不思議な納得を示す男に対し、ブランが舌を出しているので軽く窘める。だが、内心ではアルもブランに同意していた。男は単純な物事を難しく考えすぎている気がする。

「——よろしい。お前たちを招き入れよう。ついてまいれ」

「え?」

『妙な着地点に辿り着いたな』

男が意気揚々と身を翻すので、アルは慌ててその後を追った。変化して肩に乗ってきたブランは呆れ混じりのため息をついている。

「そうだ。まだお前の名を聞いていなかったな」

「あ、僕はアルです。冒険者をしています」

『聖魔狐《セントフォックス》のブランだ! 様付けでの呼び方を許してやろう』

ブランのお決まりになっている偉そうな言葉にアルは苦笑する。

「アルとブランか。よし、覚えたぞ。——私はフォリオ、この地に住まう精霊だ」

「え……」

男の正体を知り、アルは目を大きく見開く。この森で精霊に出会うことになろうとは夢にも思わなかった。

その肩でブランが退屈そうに欠伸しつつ『様付けしろ』と文句を言っている。どうやら、男の正体に勘づいていたらしい。

些細《ささい》な事でも報告する必要性を教え込まなければならないようだと、アルは拳を握りしめた。

フォリオは、最初の敵意のある対応はどこへやったのか、実に丁寧に森を案内してくれた。草や花の一つ一つを説明しようとするので、それでは日が暮れてしまうと慌てて止めることになったが。上機嫌な様子のフォリオに、アルは隠れてため息をつく。

「――では、ここは、貴方の住処《すみか》なのですね」

「そうだ。この辺の森は金のドラゴンが管理しているが、きちんと許可を取っているぞ」

「へぇ、リアム様もご存じだと……。まあ、それはそうでしょうね」

何せ、リアムはアルが家を作ってすぐに訪ねてきたくらいである。これだけ広大な範囲を住処としていながらリアムの許可がなかったら、精霊対ドラゴンの戦いが巻き起こっても不思議ではない。

「人間や魔物が勝手に入り込まぬよう、この周囲には精霊式の迷い結界を張っている。たいていの者は、生き物の気配を読み取れなくなった時点で、不気味に思って引き返すが」

「……なんか、すみません」

呆れの色が濃い流し目を向けられて、アルは僅かに身を縮めた。異変に気づいた時点で引き返し、以後立ち寄らないのが正しい対応だったらしい。

一部の冒険者は未知の探求のために深入りするのが普通だと思うのだが、これまでにアルと同様な者はいなかったのだろうか。

「無意識に紛れ込む者はそのまま返すが、故意に近づく者は侵入者として排除してきた」

「森の最奥近くまで急に飛び越えさせるのが、その排除法ですか」

「そうだ」

「なるほど、疑問が解けました」

内心の疑問を察したかのように説明されて頷いた。

無意識に境界線を越えて進んだ時は、だいぶ先まで進んだが無事に境界外まで歩いて戻れた。だから、今日、境界線を越えてすぐに現在地が狂ったのは本当に予想外だったのだ。

だが、故意の侵入者へは臨機応変に対応していると知れば、納得するしかなかった。

「侵入者は基本的にそれで倒せるのだが、お前には力不足だったようだ。新たに送り込んだモノもブランに一網打尽にされるし、な……」

『弱っちい者を送り込むのが悪い』

フォリオが哀愁を漂わせながら言うのでアルは苦笑した。彼にとっても予想外の出来事ばかりだったようである。

「さあ、私の家に着いたぞ」

一本の大木。その幹に簡素な扉があった。どうやら、この木がフォリオの家のようだ。促されるままに近づくアルに、どこか聞き覚えのある声が向けられる。

『あら、お客様かしら。珍しいわね』

『本当ね。フォリオ様のお客様なら、盛大に歓迎しなくちゃ』

賑《にぎ》やかな声と共に、アルの頭上から大量の花びらが降り注いだ。

これはなんだと無言で積もった花びらを払いのけるアルに、いち早く肩から跳び退いて被害を免れていたブランが気の毒そうな視線を向ける。

「……妖精もいたんですね」

『あら、私たちを知っているのね』

視線の先で、顔を綻ばせた小さき者が光を伴いながら舞い踊っていた。アカツキのダンジョンで出会った妖精たちとよく似ている。妖精は精霊の傍にいるものなのだから、フォリオの住処にいることはさほど不思議なことではない。

アルは妖精たちに挨拶をしながら、木の幹の中にある部屋に入った。椅子に座り暫くして、フォリオが木の器を差し出してくる。

「なにぶん、ここに客を招いたのは初めてのことでな。もてなしに相応《ふさわ》しい物が何もない」

アルは無言でその器の中身を凝視した。濃い緑色の粘度が高そうな液体だ。その上に小さな花が飾られているのが、フォリオなりのもてなしの心を表しているのだろうか。

ブランはそれが作られ始めた時点でテーブルから一番離れた壁際まで逃走している。そこまで離れても強烈な臭いが鼻を刺すのか、涙目になっていた。魔物の嗅覚の鋭さも、なかなか難儀なものである。

アルはプルプルと震えているブランの珍しい姿に吹き出して笑いそうになった。小動物じみていて可愛らしい。

「お気遣いありがとうございます」

「この辺では採れない薬草を使っているのだ」

得意げに言いながらフォリオが器に口を付けるのに合わせて、アルも器を持ち上げた。

凄《すさ》まじい臭気である。だが、体を害す物は何ひとつ使われておらず、フォリオが言う通り、とても貴重で効果の高い薬草を煎じた液体だ。その効果を知っているアルでも、これをお茶と呼ぶつもりは一切ないが。

アルが飲もうとしているのを察したのか、ブランが絶望感を漂わせた表情で固まっているのが視界の隅に映った。今にも『正気か!?』と詰め寄ってきそうな雰囲気である。だが、臭気に阻まれて足を踏み出せないようだ。

「……体には、良いのだ。魔力を多く持つ者なら、特に」

「そうでしょうね」

一足先に飲んだフォリオが珍妙な表情をしていた。唇を引き結び、眉間に皺を寄せ、頬が引き攣っている。どう見ても、吐き出すのを堪えている顔にしか見えない。

アルは苦笑しながら覚悟を決めた。好意で出してもらった以上、一口くらいは飲むべきだろう。若干、何故こんなことで決死の覚悟をしているのだろうという疑問が頭をもたげたが、勢いのまま器を傾けた。

「……なるほど」

実に複雑怪奇な味だった。苦み、酸味、渋み、甘み、辛み。味覚が次々に刺激され混乱する。感想を一言でまとめると——くそ不味い。

だが、その効果は驚くほど絶大だった。アルの内に渦巻いていた莫大《ばくだい》な魔力が整えられ、流れが穏やかになる感覚がある。ともすれば嵐のように暴れそうになる魔力を制御するのがアルの常だったが、今はその気配がなく、いくらでも上手に魔力を扱えそうだった。

使われている薬草は、魔力過多に苦しむ者が金を山のように積んでも手に入れられないと言われるほどに希少な物だ。アルは実物を見たのは初めてで、文献に書かれている通りの効果を体感して、その凄さに感嘆の息を漏らす。

「アルにも合ったようだな。この茶はスピリミントを配合している。私たちが習慣的に飲む物だ」

「それは、精霊が莫大な魔力を保有しているからですか？」

これを習慣的に飲むなんて、どんな自虐的行動なのだろうと一瞬思ってしまったが、フォリオの魔力量を見る限り、やむにやまれぬことなのだろう。

「そうだ。スピリミントは、多すぎる魔力を扱いやすくするために、精霊が生み出した薬草。だから精霊の森にしか生えないのだが……何故、もっと味を考えなかったのか、正直先祖の考えは理解に苦しむ」

「……それは、大変ですね」

精霊に先祖という存在があると何気なく零され、アルは秘かに驚いていた。正直、神やドラゴンと同様に、生死のない存在だと思っていたからだ。

『あら、なんて酷い臭い』

『また、それなのね。もっと淹れ方を考えたら？』

アルが部屋に入った途端どこかに行っていた妖精たちが、盛大に顔を顰めながら近づいてきた。果物が山盛りになった籠をテーブルに置き、窓を開け放ちに行く。その動きを追うように、アルは部屋の中を見渡した。

木の幹の中とは思えないほど広々とした空間である。僅かばかりの家具の他は、飾り気ひとつなく、空虚な印象だった。

「ここは仮住まいの場所なのだ。いずれ元の森に帰るため、この通り楽しめる物は何もない」

アルの内心の思いを察したのか、フォリオが苦笑しながら言う。その手は届けられたばかりの果物に伸ばされていた。早速口直しをするつもりらしい。いつの間にかフォリオの器は空になっていた。

「では、何か目的があって、こちらに来たのですか？」

アルはさりげなく器の中身を瓶に移し、アイテムバッグに仕舞った。今はこれ以上飲むつもりはない。

そのついでに紅茶とクッキーを取り出す。換気されて臭気が薄れたからか、ブランがいそいそと近づいてきた。フォリオも興味深そうにクッキーを手に取る。

「ああ、一族から託された使命が……これは美味い」

「どうぞたくさん食べてください」

クッキーを齧った瞬間に、花が咲き誇るように満面の笑みを浮かべたフォリオに、他の種類のクッキーも用意する。ドライフルーツを混ぜた物や塩味を足した物など、アルの自信作ばかりだ。普段薬草の不味さと戦っているフォリオには、ぜひ美味しい物を楽しんでほしい。

『我はこの、フルーツが入ったクッキーが好きだ！』

「はいはい。まだたくさんあるでしょ」

更に出せとねだるブランを受け流し、アルも紅茶とクッキーを楽しむ。あの薬草の後だと、どれもが甘露のごとく美味しく感じられた。

目を輝かせて近づいてきた妖精たちにはミルクを用意する。アカツキのダンジョンに住まう妖精たちに習った通りにすると、ご満悦の様子で味わいだした。

「ご馳走様。大変美味だった」

「お粗末様です」

フォリオが満足げに笑んだところで、話が本題に戻る。

「私の使命は、精霊の森からある物を運ぶことだった」

「ある物、ですか？」

「ああ。そもそもの事の始まりは、先読みの乙女の訪問からだった――」

アルが首を傾げていると、フォリオの視線がどこか遠くへと向けられた。物思わしげな顔つきで詠《うた》うように語る。

「先読みの乙女は、神さえ知りえぬ未来を予知する力を持った人間だ。彼女は精霊の森を単身訪れ、ある未来を告げた。それは精霊が看過できぬ未来。精霊は先読みの乙女に尋ねた。どうすればその未来を回避しうるのか、と」

フォリオが言葉を切って、一度紅茶で唇を湿らせる。

「先読みの乙女は言った。未来に起こることを未然に防ぐことは不可能。だが、被害を最小限にするために打つべき手はある、と」

黙ったままその語りに集中していたら、不意に視線を向けられた。何かを見定めるような眼差しだ。

「精霊の森で採れる精霊銀。それを遠く離れた北の地へ運び、然るべき者に渡すこと。それが、先読みの乙女が告げた、打つべき手の一つだ」

「……精霊銀？」

なんだか身に覚えのある話だと感じ、ふと腰元の剣を見下ろす。

精霊の森からは遠く北に位置するノース国。そこで手に入れたのが精霊銀製の剣だ。あの時、剣を作った店主のラトルは、精霊銀の入手先についてなんと言っていただろうか。

金に換えて欲しいと訪ねて来た者から買い取った。それが精霊銀だとも知らずに。そう言っていたはずだ。

話に聞いていただけの存在が、急速にフォリオに重なって見えた。アルは驚きで目を見開き、フォリオを凝視する。フォリオが微笑んだ。

テーブルに乗っていたブランの尻尾がパタリと揺れる。無意識に手を伸ばすとゆったりとすり寄られた。ブランは静かな眼差しをフォリオに向けている。

「アルの剣に使われている精霊銀。それは私が運んだものだろう。先読みの乙女に言われた通り、私はそれをある店に売った。それから後は、この地で時が満ちるのを待っていた」

「時が満ちる？」

「ああ。その精霊銀を携えた者が来る日を待っていたのだ。今、私に残された使命はただ一つ。その者に、新たな道を示すことだ」

アルが精霊銀でできた剣を持ってここに来ることまで予知されていた、などということが本当にありえるのだろうか。

そもそも、人間が神を超えるような力を持ち得るとも思えず、先読みの乙女という存在そのものが眉唾物に思える。だが、フォリオの様子を見る限り、その人物の能力は精霊に認められていたのだろう。納得はできないが、本人に会ったこともないアルが声高に否定できるものではない。アルは無言で話の続きを促した。

「アルは自分の存在を不思議に思ったことはないか？　人間にしては多すぎる魔力。それを抱えていてもたいして不調を起こさない体。これまでの生の中で、どこかしら周囲の者たちとの違いを感じてきたはずだ」

思い当たる節は山ほどあった。それを深く考えたことはあまりなかったが。

「全てを知りたければ、精霊の森に向かうがいい。私の同胞はアルを歓迎するだろう」

全てを知る。自分が何者か、それを知ることができるというのか。アルは真剣に考え込んだ。

『その割には、お前は魔物やらなんやらで我らを追い払おうとしていた気がするが』

「……ブラン」

一気に場の雰囲気が壊れて、脱力してしまった。僅かばかりの抗議の意を込めて呼びかけると、不思議そうな目に迎えられる。どうやらブランは狙って雰囲気を壊したわけではないようだ。

アルはため息をつく。だが、ブランのおかげでフォリオの雰囲気に呑まれかけていたのを自覚したので、そっと気を引き締めた。

ブランが言うことも当然なのだ。フォリオはアルたちを最初拒んでいたはずだ。予知されていたなら、それは何故なのか。自分の中で結論を出すのは、それを聞いてからでも遅くはないだろう。

「私がアルたちを追い払おうとした理由か……」

フォリオの目がスッと逸《そ》らされた。そのまま言葉が続かないのでアルが首を傾げると、ミルクを楽しんでいた妖精が呆れたようにフォリオをつつきだした。

『さらっと言った方が良いと思うわ』

『ただの管理ミスだって』

「管理ミス？」

妖精の言葉を反芻し、アルは顔を引き攣らせた。

つまり、本来アルを待つためにこの場に居座っていたのに、侵入者を排除する仕組みを作った際に、それを考慮し忘れていたということだろうか。それ故、敷かれた迷い結界に何らかの形で条件づけることもしなかったと。

そう考えると、アルがここまでやって来られたことは奇跡に近い。もし魔物を倒す実力を持っていなかったら、フォリオに会う前に呆気《あっけ》なく死んでいただろうから。

いや、それすらも先読みの乙女が予知していたのだろうか。アルの実力さえも昔から分かっていたというのか。

「まあ、その、なんだ。……実は、使命を受けてここに来たのは二十年近く前でな。ここに拠点を作り、精霊銀を売るために旅立つ際、留守中の警戒を強化するために、結界の機能を強化したんだ。どうも、その時に、精霊銀を持つ者を招く機能を排除してしまったみたいでな……」

「そのまま今日まで至ったということですね？」

「……そうだ」

『こいつは馬鹿か？』

ブランが心底呆れたと言わんばかりの口調で言い放つ。アルはそれを否定できず苦笑した。

反省した様子で項垂れていたフォリオは、無言でその批判を受け入れる。

「では、なぜ急に僕らを受け入れようと決めたんですか？」

「それはもちろん、お前が精霊銀の剣を持っていることに気づいたからだ」

『気づくのが遅すぎる！』

一転して堂々と胸を張り答えたフォリオは、すぐにブランに叩かれた。確かに気づくのが遅すぎる。境界近くで精霊銀の剣を何度も使っていたはずなのに。

「あの不可視の魔物も、侵入者撃退用の魔物なのですか？」

精霊が魔物を操れるとは知らなかったが、そもそもアルにとっては未だにおとぎ話の中の存在という印象が強い。何ができても不思議ではないと思った。

「魔物？　いや、あれは厳密にいえば魔物ではない。精霊の眷属《けんぞく》だ。妖精の仲間だな」

「妖精の仲間!?　え、倒しちゃったんですけど」

楽しげにフォリオの髪で遊んでいる妖精に視線を向けると、おっとりとした笑みを返された。

『仲間と言っても、共に精霊に従っているというだけよ』

『そうそう。私たちが日ごろ精霊の魔力を調整する役目を負っているのと同じように、あれらは侵入者を撃退するという役目があるだけ』

「眷属という立場は同じでも、それほど仲間意識はないということですね？」

『ええ。だって、あれらはあまり意思もないし』

『精霊の意思を読み取って行動することしかできないのよねぇ』

どうやら、妖精たちから見たら、仲間というより魔道具のような扱いらしい。フォリオもそれに頷いているので、侵入者迎撃システムの一部という位置づけのようだ。

「あれは精霊の力を受けた植物が元になった物だ。私たちはプランティネルと呼んでいる。森の中での隠密性が高く、魔力があれば動き続けられるから、便利なのだ」

「あの隠密性は凄いですよね。どういう仕組みなのですか？」

「うぅむ、仕組みか……。感覚で作っているからな……」

暫く腕を組んで考え込んでいたフォリオが不意に立ち上がった。そのまま歩き出す姿を疑問に満ちた目で見ていたアルたちに、何かを企《たくら》んだようにニヤリと笑いかける。

「興味があるなら作るところを見せてやろう。大したもてなしもできなかったし、ちょうど補充する必要があったからな」

フォリオとアルの目がブランに向けられた。その視線を受けて、ブランが気まずげに頭を掻《か》いている。

補充する必要があるのは、確実にブランのせいだ。何せ盛大に燃やし尽くしてくれたので。

『……嗾けてきた奴の方が悪いと思うぞ』

「確かに」

今度はアルとブランの目がフォリオに向けられた。その視線を避けるように、フォリオが外に歩き出て空元気な声を上げる。

「さて、楽しい補充の時間だぞ！」

『ちょっとは反省するべきだと思うわ』

『こんな可愛い子たちに気づかず、倒そうとしたんだものね』

口々に妖精に責められるフォリオが、何故だか小さく見えて、アルは少し笑ってしまった。

フォリオを追って外に出ると、家になっている大木からほど近くにアルの背丈ほどの木があった。その傍らで立ち止まったフォリオを、アルたちは少し離れたところから観察する。

「魔物みたいなものを作るって、改めて考えると凄いよね。アカツキさんのダンジョン能力みたいなものかな？」

『我の分身とは違いそうだ』

「ああ、そんな能力もあったんだったね」

『そんなとか言うな！　我の能力も凄いんだぞ!?』

肩に乗っているブランに怒られた。ちょっとうっかり忘れていただけなのに。

「……賑やかでいいが、ちゃんと見ているのか？」

「すみません！」

呆れた声が聞こえて慌ててフォリオの方を見ると、既に木に手を翳《かざ》して魔力を注いでいるようだった。焼けた植物たちの再生を促進させた時とは、その魔力の質が違う気がする。何らかの指向性を持っているようだ。

「この木には私の魔力を定期的に注いで、存在の改変を受け入れる性質を作ってある。その後、こんな感じで、魔力を注ぐと――」

フォリオが説明する声に合わせて、魔力が注がれている木に変化が起きた。枝が不自然に揺らめき、根が地面から這《は》い出《だ》してくる。

『……気持ち悪いな』

「虫とか蛇に似た感じの動きだね」

その変化を眺めていると、暫くしてフォリオが魔力を注ぐのを止めた。プランティネルが出来上がったのだろうか。

「よし、姿を消してみろ」

命令を受けたプランティネルが、端から消えていく。それと同時に魔力も気配も捉え難くなっていった。元々が木であったので、気配が森にある普通の木とより同化することで読み取りにくくなっているようだ。

「姿を消すのはどういうことだろう……」

『アカツキが持っていたマントとは違う原理に見えるな？』

目の前で見ているのに、その原理が分からない。攻撃される心配はないとフォリオから保証されたので、アルはプランティネルに近寄って調べてみた。

「感触はある」

『匂いは木のままだから、森の中じゃ当てにならないな』

「あ、向こう側に手を翳したら、こっち側からは見えない。透過はしてないね」

『いや、時間を置いたら見えてきたぞ』

「ほんとだ……。周囲の絵を自分の周りに描きだしているのかな……？」

『うむ。それが近いかもしれん』

話し合うアルたちの背後で、フォリオが苦笑を浮かべていた。それに気づいてすぐに冷静を取り繕う。ちょっと熱中しすぎていたのを自覚したのだ。

「ゆっくり検証してくれ。私は今のうちに数を増やしてくる」

他の木に向かって魔力を注ぎだしたフォリオの様子も時々観察しながら、アルたちはプランティネルの検証を続けた。

何故だか目の前にいる存在から困惑が感じられる気がするが、きっと気のせいだろう。プランティネルは明確な自律的意思を持っていないと妖精たちが言っていたのだから。


暫くしてプランティネルの検証も済んで満足したところで、アルたちはフォリオの家に戻ってきた。

そろそろ夕食の準備が必要だなと思い、暇を告げるタイミングを考えていたら、不意に疑問が頭を過る。

「そういえば、何故ここで待っていたんですか？　それも先読みの乙女の予知したことですか？」

ノース国で精霊銀を売ったことは、アルの手に自然と渡すのに良い手段だったと思うが、フォリオがその近くで待っていたなら、ここまで手間はかからなかったはずだ。

当然の疑問を呈したアルにフォリオが視線を向けた。その頬が、アルがおやつに出したパウンドケーキで膨らんでいる。

「ふぉれふぁな」

「……飲み込んでから喋りましょうね？」

「ふぉむ」

何故、相当年上だろう存在にこんな注意をしているのだろうかと、アルは真剣に疑問に思ってしまう。アルの周囲の者たちは、ブランを始めとして子供っぽい振る舞いが多い気がする。そんな振る舞いをするくらい、アルの料理に夢中になっているのだと捉えるべきだろうか。

喉に詰まらせて苦しげなフォリオに水を差しだしながら、アルはため息をついた。

「ゴホンッ。……世話をかけてすまないな」

「いえ。それでフォリオさんがここにいた理由とは？」

「ああ、いくつか理由があるが――」

フォリオ曰く、先読みの乙女がこの辺りで待つよう指示していたことが理由として大きいらしい。

また、この地が普通の魔の森と違いドラゴンの管理下にあることも理由だそうだ。ここ以外の場所だと滞在の許可を得るのが難しく、礼を尽くし規則を重んじる性質の精霊は、無許可で拠点を築くことを許容できなかった、と。

精霊が人間を好まないことから、町に滞在することは一切考えなかったようだ。その割にはアルに対して好意的な気がして、そう言われた時に首を傾げてしまった。

その他にも些細な理由をいくつか述べられたが、一つ気になる言葉がフォリオの口から零れた。

「……異次元回廊？」

「そうだ。ここは異次元回廊に近く、かつ安易に拠点を築ける場所だったのだ」

「いや、その存在そのものが何かを聞いているのですが……」

的外れな返答に苦笑すると、フォリオがきょとんと目を瞬かせた。

「説明していなかったか……？」

「してないですね」

『やっぱりこいつ、馬鹿だろう？』

ブランが呆れるのも無理はないくらい、フォリオはどこか間の抜けた性格のようだ。どうして彼が精霊にとって重要だろう使命を受けたのか、甚だ疑問である。

異次元回廊とは何か。フォリオを問い詰めてみると、驚きの事実が出てきた。

「魔の森の最奥へは、許可ある者しか辿り着けない。その許可を得るための試練の場として、異次元回廊は設置されている」

「試練の場……」

以前、ブランが魔の森を探索した際の報告で、森の最奥には立ち入れないようだと言っていた。そこには結界か何かがあり、入るための条件があるのだろうと予想していたのだが、フォリオが言う異次元回廊がそれに当たるようだ。

だが、ブランが何か腑《ふ》に落ちないと言いたげに首を傾げる。

『なぜ精霊がそんなことを知っているのだ。この辺はお前たちの管理する場所ではなかろう？』

「ああ。だが、異次元回廊の入り口を管理するのは精霊だと決められている。誰かが尋ねてくることは滅多にないが、神から任せられた務めだからな。数十年おきに管理者を変えながら、私たちで入り口の監視をしているのだ」

『今の管理者がお前だということか』

「その通り。私は使命と共に、一族の務めを果たすためにここにいたということだ」

ブランとフォリオの会話を聞きながら思考に耽《ふけ》っていたアルは、ふと疑問に思うことがあって顔を上げた。

「異次元回廊が試練の場ということは分かりましたが、僕はそんな話を聞いたことがありません。人間が一度でも訪れることがあれば、その噂が少しくらい出回ってもいいと思うんですが」

アカツキのダンジョンもそうだが、魔の森近くにそんな謎の場所があるとは少しも聞いたことがなかった。何か意図的な隠ぺいがあるのだろうか。

「噂なんて、生きて帰る者がなければ、出回りようがなかろうよ」

「……生きて帰った者がいない？」

至極当然と言いたげな顔のフォリオに、アルは顔を引き攣らせた。異次元回廊とはそれほどに難易度の高い場所なのだろうか。

「一族の記録によれば、異次元回廊に入った者は両手で数えられるほどだが、出てきた者は一人もいないな」

「……どんな試練を課される場所なのですか？」

その内部がとても気になる。ブランも興味深げに尻尾を振っていた。

「知らない」

「は？」

「知らないと言ったのだ」

フォリオの返答が端的すぎて思わず聞き返したアルに、困ったような苦笑が向けられた。

フォリオは暫し何事か考えた後、言葉を続ける。

「精霊に任せられているのは入り口の管理であって、中に入ることは許されていない。だから、そこから出てきた者がいない以上、私も内部を知りようがない」

「……でも、ちょっとくらい気になって入ってみようとする方はいなかったのですか」

「いない。神が定めた掟《おきて》は絶対だ」

なるほど。アルの言葉に不快そうに顔を歪めたフォリオを見るに、精霊とは神に非常に従順であるようだ。

「入り口で引き返す者はいないのですか？」

「それも許されぬ。その存在を知り得た以上、試練に挑むのは絶対だ。逃げ出そうとする者に対処するのも、私たち精霊の務め」

「……ということは」

フォリオの顔に笑みが浮かんだ。どこか晴れやかなものである。対して、アルは半眼で相手を睨み据えることになった。ブランも不穏な気配を漂わせながらフォリオに牙を剝く。

『貴様、我らを嵌《は》めたな！』

「僕らに異次元回廊の試練へ赴けと言っているんですね？」

怒りを迸《ほとばし》らせるブランに合わせて問いかけると、フォリオが戸惑ったように首を傾げた。

『あら。あらあらあら、私たちがいない間に、また何かしてしまったらしいわよ』

『うっかりさんもほどほどにしてほしいものね』

今にも跳びかかろうとするブランを遮るように、妖精が窓から飛び込んできた。その手には籠があり、何やら食材が大量に詰め込まれているようだ。

呆れた様子で籠をテーブルに下ろすと、フォリオの顔の前でアルたちに向き合う。

『何をしたのか分からないけれど、ごめんなさいね。きっと悪気はないのよ』

『悪気はないけど、たちは悪いのよ』

「……お前たち、それで私を庇《かば》っているつもりなのか？」

憮然《ぶぜん》とした様子で顔を歪めるフォリオに、妖精は『やれやれ』と言いたげに肩をすくめて見せた。

『事実を言っているだけよ』

『ほんと、貴方って、生まれた時から愚かなんだもの』

「……生意気な」

妖精の遠慮のない言葉に、フォリオの顔がさらに歪められる。だが、それ以上争う様子はないところを見るに、慣れたやり取りだったようだ。生まれた時からの付き合いのようだから、それも当然か。

「――それで、結局、どうなんです？」

アルは宙に浮いた疑問を再び問いかけた。妖精の勢いに些か毒気が抜かれ、座りなおしたブランが苛立たしげに尻尾を振っている。その頭を撫でて宥めながら、フォリオを見つめた。

「うーん……てっきりお前たちは喜んで行くのだとばかり思っていたのだが、違うようだな？先読みの乙女の言い様では、順当な流れのはずなのだが……」

「僕たちが異次元回廊へ赴くのだと、先読みの乙女が言っていたのですか？」

「ああ。だが、それに至る詳しい事情は知らなくてな……。うぅむ、困った。私は行ってほしいと思っているが、かと言って、お前に無理強いするのも気が進まない……」

言葉通りに弱り切った様子で腕を組むフォリオを見て、アルは少し体の力を抜いた。何かを無理やり命じられて行うのは良い気分がしない。もしフォリオが強要してくるようなら実力行使で対抗すべきかと思っていたが、それは今のところなさそうだ。

ブランは未だに疑わしげにフォリオを眺めていた。暫く何事か考えているようだったが、不意に口を開く。

『アルが試練に向かわなくても、お前は手を出すつもりはないのか？』

「決まりでは、入り口まで辿り着いた者が試練から逃げるのを許してはならない。だが、アルはそもそもその入り口に辿り着いていないし、私が言ってしまっただけだからな……。だが、先読みの乙女の言葉が間違ったこともないし、果たしてどうするべきか……」

呟きつつ考え込んでいたフォリオが顔を上げた。どうやら考えをまとめたようである。

「突然の言葉で不快にさせて申し訳ない。異次元回廊の入り口に辿り着いていない以上、アルたちが試練に挑まずとも精霊の掟に反さないと結論付けた。その代わり、異次元回廊について他言無用を願う」

なかなかの抜け道的解釈だと思い苦笑したが、その結論はアルに不都合がないので、頷いて続く言葉に耳を傾けた。

「だが、先読みの乙女が言っていたことが起きないとは思えない。いつでもいい。異次元回廊に行くと決めたならば、私に教えてくれ」

真剣な眼差しが注がれ、アルは逡巡《しゅんじゅん》の後に再び頷いた。ブランが嘆息したのが視界の端に映る。

「分かりました。いつになるかも、本当にそんな日が来るのかも分かりませんが、それでいいのなら」

『……結局、こうなるのか』

「それでいい。――きっと、そう遠くはないと私は思う」

フォリオがどこか確信に満ちた様子なのは何故か、アルにはよく分からない。恐らく確信するくらい先読みの乙女の言葉を信用しているのだろうが、それだけでなく、フォリオの目はアルには見えないものを見つめている気がした。

『話はまとまったのかしら？　そろそろ夕時よ』

『楽しい食事の時間よ』

一瞬沈黙が落ちた部屋に、妖精の明るい声が響く。

窓に目を向けると、既に茜色の光が森に差していた。

「では、僕はそろそろ帰り――」

『失礼をしたお詫《わ》びに、フォリオの手料理を味わっていくといいわ！』

『フォリオは無精だから、普段料理はあまりしないのよ。でもあなたのためなら頑張ると思うわ！』

「お前たち、勝手に決めるんじゃない……」

『あら、礼儀正しい精霊が、詫びを言葉だけで済ませるつもり？』

『道義に反する行いよ？』

「いや……そんなつもりはないが……」

妖精に口々に責められてたじろいだフォリオが口を閉ざすのを見ながら、アルは暇を告げるタイミングを逃したことを悟った。

『アル、帰るぞ！　また臭すぎる物を出されてはかなわん！』

「……でも、精霊の料理ってちょっと興味がある」

『馬鹿者っ、あんなゲテモノを普段飲んでるやつだぞ！　絶対に旨いわけがない！』

「味覚は正常だったはずだよ？　あれは仕方なく飲んでいるだけで。今まで食べたことない美味しい物に出会えるかもしれないのに、ブランは気にならないの？」

『っ……むぅ、気にならんわけではないが……』

アルの言葉に、ブランが険しい顔で葛藤した。普段は美味しい物と聞けば飛びつくのに、余程最初の薬草液が嫌だったようである。

アルはその様子を苦笑して眺め、横目でテーブルの上を確認していた。

テーブルの上には妖精が持ち込んだ籠。そこに積まれているのが料理の材料だろう。

鑑定眼《かんていがん》も駆使して食材を確認して、アルは晴れやかな顔で頷いた。

「大丈夫。味がおかしくなるような食材はここにはないから」

『……ここにある食材だけを使うとは限らんと思うが？』

半眼のブランにすぐさま言い負かされる。

だが、アルは一瞬迷うも、精霊の料理への関心の方が勝った。それを察したブランが諦念のため息をつく。

「もし帰って僕が料理を作ることになっても、今日は野菜尽くしのメニューになるからね？」

『なんでだ!?』

駄目押しするように言うと、ブランが愕然とした表情で叫んだ。アルは肩をすくめてその声を聞き流す。魔物グラモンファンの退治に手を貸さなかった時から、意趣返しのメニューを決めていたのだが、どうやらその料理を振る舞うのは延期になりそうだ。

渋々とした様子でフォリオが食材を手に外へ向かう。室内には調理場が見当たらないので、普段も外で調理しているようだ。

アルはブランを抱えてその後について行きながら、フォリオが持つ籠を覗いた。おかしな食材が入っていないことは分かっていたが、随分と偏った種類なので、何を作るつもりなのか非常に気になる。特に肉の類がないことが一番不思議だ。

「精霊は普段何を食べているのですか？」

「基本は魔力があれば食べ物はあまり必要ない。時々植物や卵、乳製品の類は食べるが、娯楽の一環だな」

何気なく質問すると衝撃の返答があった。精霊は魔力で生きているらしい。それは生物と言えるのか疑問である。思わずフォリオの後ろ姿を凝視してしまった。

『……余計に精霊の飯に期待できなくなったではないか』

「ブランは、少しくらい精霊の性質をもらったらいいと思う」

『嫌だ！　飯の楽しみは生きる喜びだぞ！』

嫌そうに呟くブランに、アルは真剣に告げた。精霊の性質を分けてもらえたら、ブランの食い意地も少しは改善される気がする。

だが、ブランが即座に放った拒否の言葉も一理あるので、フォリオに頼み込むつもりはない。頼み込んだところで性質を分けるなんてことは無理だろうし、馬鹿にされるようなことはしたくない。

調理場らしき場所に着くと、フォリオが腕を組んで首を傾げた。

「ふむ。この食材だと、私たちの伝統的メニューしか作れぬのだが……」

「ぜひ精霊の伝統的メニューを味わってみたいです」

「そうか……？　美味な菓子を作るアルに気に入ってもらえるかは分からんが。よし、作ろうか。妖精、用意しろ」

『はいはい。イモよ』

『チーズよ』

精霊の伝統的メニューと聞いて目を輝かせたアルに、フォリオはまんざらでもないようで、微笑みを浮かべつつ妖精に指示を出した。

妖精が籠から取り出したイモとチーズをポイッと空中に投げると、フォリオが軽く指を振る。すると、見事に細く千切りされたイモとチーズが、妖精が持つ器に落ちてきた。

「……とてつもなく、魔力の無駄」

『うむ……。まあ、アルと比べたら、天と地くらい魔力制御能力は優れているな』

「僕、別にああいう使い方はできなくてもいいかな……」

ブランの言い草はなかなか失礼だが事実である。そして、魔力で食材を切ることがアルにとって魔力の無駄遣いに思えるのも事実だった。

包丁などの刃物がなく、食材をどう切るのか秘かに疑問に思っていたのだが、フォリオの行動は本当に予想外だ。

呆然《ぼうぜん》と調理を見守るアルたちをよそに、フォリオと妖精は慣れた様子で作業を続けていた。

「コショウはこれくらいだったか？」

『もうちょっと！』

『もう一振り！』

「……分かっているなら、お前たちがやってくれ」

妖精に指示されたフォリオが憮然とした面持ちでイモとチーズにコショウを振る。それを妖精が混ぜ合わせている間に、フォリオは平鍋を火にかけ、オイルを垂らしていた。

『投入よ』

『ギュギュッとね』

「……うるさいなぁ」

平鍋に入れられたイモとチーズが、何かで押されたように平らにされていく。どうやらこれにも魔力を使っているようだ。

遠火で熱する平鍋の監視を妖精に任せたフォリオが、深鍋と卵を手に取る。

「あ、水も魔法なんだね」

『そうだな。これは時々アルもするか』

「うん、やっぱり便利だし」

深鍋を水で満たすと、それも火にかけられた。沸いたところで何か液体が入れられる。

「今入れたのは何ですか？」

「ビネガーだ。これを入れると卵の形が崩れにくくなる」

フォリオが教えてくれるが、言っていることの意味がよく分からない。一歩近づいて、作業を観察した。

ビネガーを入れた湯に向かってフォリオが指を振ると、深鍋の中に渦が生まれた。その中心に卵が割り入れられる。くるくると白身が黄身に綺麗に纏わりつき、丸いゆで卵ができた。殻ごと茹《ゆ》でるより短い時間でできている気がする。

「うん、良い具合だ」

フォリオが満足げに頷いたところで妖精から声がかけられた。物臭な仕草で指が振られると平鍋が宙を舞い、中身が綺麗にひっくり返される。

それくらい自分の手でしたらどうかと思うのはアルだけだろうか。ブランも半眼で見ているから、きっと同じ思いだと思う。

「後は野菜を切るぞ」

そう言ったフォリオは、籠に積まれていた葉物野菜を一口大に切り、皿に盛りだした。その上にゆで卵が載せられ、白いとろみのある液体がかけられる。その後に振りかけられたのは粉チーズだと思うのだが、謎の液体が不気味だ。

『……変な匂いはしないな』

「う〜ん……さっきのビネガーっぽい匂いがするかも？」

『ああ、確かに酸味があるな』

籠に戻された容器を手に取り匂いを嗅いでブランと分析していると、フォリオが楽しげに笑い声をあげた。

「アルは随分料理に興味があるようだ。好奇心は向上心につながる。素晴らしきかな」

『それなら答えを教えてあげたらいいじゃない』

『それはマヨネーズというのよ。卵とビネガーとレモン汁、オイルと塩を混ぜた物なの』

「なるほど……。なかなか美味しそうですね」

『昔、魔族から教えてもらった物よ』

「え……？」

『彼ら、元気かしらねぇ』

妖精が懐かしげに呟くが、アルはそれよりも魔族という言葉が頭に引っ掛かっていた。悪魔族ととても似ている言葉だが、偶然だろうか。

聞き返したくても、妖精たちの会話は既に違う話題になっていて、フォリオに視線を向けても酷く曖昧な微笑みで無言のうちに回答を拒否されるだけだった。

『魔族……？　我はそんな者聞いたことがないが。悪魔族とは違うのか？』

「似ているよね」

アルたちの言葉が聞こえているのかいないのか、フォリオたちは料理の仕上げに取り掛かっていた。平鍋でしっかり熱せられていた物が切り分けられ皿に盛られる。

「今日は天気も良いし、外で食べるか」

そう呟いたフォリオが指を振ると、部屋の中にあったテーブルと椅子が飛んできた。どこまで魔力頼りなのだろうと少し呆れる。

各自の前に皿が置かれて、夕食が始まった。

「イモとチーズのガレットとポーチドエッグサラダだ。おかわりはあるから、たくさん食べてくれ」

そう言うフォリオの背後では、平鍋と深鍋が火にかけられたままで、食材が宙に浮いては投入されている。見えなくても魔力で操って作業できるらしい。アルでは到底できない凄技なのだが、素直に褒められないのは、どうしても物臭に感じてしまうからだろう。

『おお！　旨い！　ガレットと言ったか？　チーズの塩味とコショウが効いてるぞ』

「うん、美味しいね。シンプルだしアレンジしても良さそう。ベーコンとか肉類を入れたら味にもっと深みがでるだろうな」

『肉！　今作っているやつに入れてこい！』

「えー、それはさすがに失礼だよ……」

料理に肉類が使われず、どこか不服そうな表情をしているブランに苦笑する。

アルたちの会話を聞いていたフォリオが首を傾げて手を伸ばしてきた。向けられた手のひらを凝視するとクイッと指が曲げられる。

「肉類は食わないから持ち合わせがないのだ。入れるならば出してくれ」

「え……じゃあ、お願いします」

ブランのせいで余計な手間をかけてしまって申し訳なく思い、僅かに身をすくめると、アルが取り出したベーコンの塊を手に取ったフォリオが微かに笑った。

フォリオの魔力により細切れにされたベーコンが、イモやチーズと混ぜられて平鍋に詰められる。

「気にしないでくれ。たいした手間ではない」

『あら、アルに良いように思われたいのね』

『いつもは料理を面倒くさがるのに、カッコつけちゃって』

妖精が揶揄うように囀ると、フォリオが一気に渋面になった。

「……そう思っているなら、わざわざ指摘するな」

『お！　このポーチドエッグというのも旨いぞ！　半熟の黄身が実に濃厚だ』

「ブラン……野菜も食べなよ」

フォリオの様子を全く気にせず食べ進めていたブランが歓喜の声を上げるので、アルの口元が引き攣る。この狐は食べることを優先させ過ぎである。野菜だけが綺麗に残されているブランの皿に追加のポーチドエッグが載せられるのをアルは阻止した。野菜を食べるまで、おかわり禁止だ。

『何をする!?』

「好き嫌いは駄目。はい、口を開けて」

垂れた黄身で黄色くなっているブランの口に、フォークで刺した野菜を突っ込む。実に嫌そうな顔で咀嚼《そしゃく》せずに飲み込むので、アルは思わず苦笑してしまった。そんなに野菜を食べるのは嫌か。

「野菜、美味なんだがなぁ」

精霊が好んで食べる野菜を拒否するプランを見て、フォリオが少し寂しげにぽつりと呟いた。


フォリオの家から帰宅したアルたちは、アカツキの冷たい眼差しに晒された。

「……それで？　俺をのけ者にした食事会はさぞ楽しかったでしょうね？」

「いや……のけ者にするつもりはなかったんですよ？」

アルたちがアカツキの存在をうっかり忘れ、夕食まで済ませてしまったので、アカツキは盛大に拗ねているようだ。一向に帰ってこないアルたちを、何かあったのかと心配で狼狽《ろうばい》しながら待っていたようだから、精霊のご飯という珍しい物を満喫してきたと聞かされてへそを曲げるのも致し方ないだろう。

アルは謝罪しながらアカツキ用の夕食を作り始めた。教えてもらったばかりの精霊の伝統的メニューである。

「……あれ？　アカツキさん、ダンジョンに作り置きしてあるおかずとか、もう食べ尽くしたんですか？」

「とっくにないです！　ダシとコメはありますけどね！　追加を希望！」

拗ねながらもしっかり要求してくるアカツキに苦笑する。

アカツキは料理ができないので、たまに作り置きのおかずを持たせるのだが、なかなか消費スピードが速い。スライムたちに取られているのではないだろうか。

「じゃあ、この後作っておきます。夕ご飯はイモとチーズとベーコンのガレット、ポーチドエッグサラダ付きですよ。このポーチドエッグって、ゆで卵より簡単に作れて、しかも凄く美味しいんです。マヨネーズというタレを付けていますが、味が足りなかったら、お好みで塩とコショウをどうぞ」

「……マヨネーズ！　これ作ってもらうの忘れてた！」

アルがメニューの説明をすると、アカツキは拗ねていたことも忘れた様子でサラダを凝視していた。どうやら、マヨネーズという物が琴線に触れたらしい。

魔族という者が齎《もたら》したらしいマヨネーズをアカツキも知っているとは興味深い。そうは言っても、ドラグーン大公国で食べた料理の数々もアカツキの知識にある物が多かったので、不思議ではないのだが。

「魔族が精霊に教えたらしいですよ」

「魔族？　悪魔族じゃなくてですか？」

首を傾げるアカツキはアルたちと同じ疑問にぶつかったらしい。アルは軽く頷いて、作り置き用おかずの調理に取り掛かった。

「詳しいことは分かりません。でも、精霊や妖精と友好的な関係のようなので、悪魔族とは違うと思います。彼らも長いこと魔族とは会っていないようでしたが」

「へぇ……不思議なもんですねぇ。悪魔族とは敵対し、魔族とは友好を結ぶ。もっと良い名前の付け方なかったんですかね？」

小さく切られたガレットを口に放り込み、幸せそうに目を細めながらアカツキが呟く。アルもその意見には完全に同意する。

下ごしらえの済んだ肉を熱した油に投入し、別の鍋でイモやニンジンと肉を煮込んだ。カラアゲとブラウンシチューを作っているのだ。アカツキが好んでいる料理である。

その他の物も作りながら、揚がったカラアゲを網に上げていると、視界の隅に白い物が映った。

「ブラン」

『……なんだ？』

声を掛けた途端に引っ込む白を追うと、視線を逸らしたブランがいる。澄ました顔を装っているが、落ち着かなげに揺れる尻尾がその内心を表していた。

「盗み食いは禁止」

『そんなことしてない！』

「分かりきった嘘ほど意味のない物はないよね」

泳いだ目で否定されても全く説得力がない。呆れた声で言うと、尻尾が悲しげに垂れた。その目は変わらずカラアゲに向いているが、どうやら盗み食いは諦めたらしい。

「……しょうがないなぁ」

あまりに哀れみを誘う様子なので、アルは苦笑してカラアゲを取り分けた。途端に元気に振られる尻尾を見て咄嗟に笑いを堪える。感情を素直に表すのはブランの良いところだ。

「俺もほしいでーす！」

「……これ、アカツキさん用の作り置き料理なんですけど」

ガレットとサラダを完食したアカツキまでもが元気よく主張してきたので、アルは小言を呟きながら小皿を準備した。


ブランたちがカラアゲを楽しんでいるのを見ながら調理を終え、作った物をアカツキ製の容器に入れる。これは後で持って帰ってもらえばいい。

漸く作業が落ち着いたので、自分用のハーブティーを手にテーブルについた。作業をしていたらアルもお腹が空いた気がしてきたので、お茶請けには糖蜜花の水飴《みずあめ》とミルクを混ぜて固めた氷菓を用意する。もう遅い時間だが、この程度を食べる分には構わないだろう。カラアゲを食べようとしないだけ褒められていいと思う。

「口の中が冷たくなるけど、温かいお茶がより美味しく感じていいかも」

氷菓にはまだ早い季節かとも思ったが、ハーブティーと味わうにはちょうどいい。氷菓はミルクのコクと糖蜜花の華やかな香り、甘みが合わさり、顔が綻ぶ美味しさだった。

そろそろ糖蜜花の在庫がなくなってきたので、家の周りの畑で収穫して水飴を作らないといけない。明日は一日畑仕事かな、と思いながらハーブティーを口に含んだところで、やけに強い視線を感じた。

「……なに？」

『旨そうな物食ってるな……』

「春と夏の間の季節に楽しむアイスも最高ですよね……」

一心に注がれる視線。直接的な注文はないものの、ブランとアカツキが何を望んでいるかははっきりしていた。カラアゲが盛られていた皿は既に空になっているのだから、氷菓を渡してもいいのだが、少し気になることがある。

「……二人とも食べ過ぎじゃない？　寝る前に満腹だと、安眠できないよ？」

『我は全く問題ないな！』

「うぐっ……」

予想通りブランは堂々と胸を張り主張してきたが、アカツキは何かに打ちのめされたかのように、悲愴感を漂わせてテーブルに伏した。どうやら、食べたい意欲はあっても、腹具合を考えると無理だと悟ったようだ。

アルは苦笑してブランに氷菓を差し出した。アカツキにはフォローを入れておく。

「そんなに落ち込まなくても、また明日にでも食べればいいじゃないですか」

「絶対に明日出してくださいね!?　忘れちゃいやですよ!?」

「……大丈夫です、忘れませんよ」

今日存在を忘れられていたことを根に持っていたのか、身を乗り出しながら念押しされたので、アルはちょっと身を引いて顔を引き攣らせた。

『明日からはどうするんだ？　今後の予定は来週あるギルドのランクアップ試験とソフィアたちとの面会だけだろう？』

「う〜ん、とりあえず明日は畑仕事をしようと思っているけど」

『ギルドに精霊のことは報告するのか？』

確認するように聞かれて、アルはギルドからの依頼を漸く思い出した。とはいえ、あれは正式な依頼ではないので、必ずしも報告する必要はない。

フォリオはあの場で暮らすためにリアムの許可をとっていると言っていた。当然、張っている結界やプランティネルもリアムに許容されているのだろう。それゆえ、プランティネルについて調べることを国が禁止していたと考えられる。

故意に侵入しようとしない限り、積極的に冒険者を排除することはないとフォリオが言っていたのだから、アルがリアムたちに逆らって、真実を詳《つまび》らかにするのもどうかと思う。ギルドに絶対的に従う義理もアルにはない。

「あの依頼は見なかったことにする」

『それがいいだろうな』

アルの決定にブランが軽く頷いた。

「アルさんたちって、今後何をしようっていう目的はないんですか？」

アルたちの会話を黙って聞いていたアカツキが、不意に姿勢を正して聞いてきた。なぜそんなに真剣な表情をしているのかはいまいち分からなかったが、アルも誠実に答えようと真剣に考える。

「目的……。そもそも旅を始めた当初は、この国で魔法に関する知識を得たり、落ち着いて暮らせる環境を作ったりすることが目的だったんですけど……」

そう話しながら、アルは次に何をするか全く見えていないことに気づいた。国を出奔し、念願だった旅を始めた。そして、今この落ち着く家も手に入れて、ソフィアと魔道具について語り合うことも経験した。既にほどほどに満足している。

「森で生きるのって自由でいいですよね。でも、目的もなく、漫然と日々を過ごすのって、いつか退屈になると思うんです。……俺は、ダンジョンで嫌というほどそれを感じました。人って、何かしらの目的だったり、目標だったりがないと、生きることに飽いていくと思うんです」

『……それは確かにそうだな』

アカツキの真剣な言葉が胸を衝《つ》き、なんと返すべきか口ごもったアルの代わりのように、ブランが深い頷きを返した。

長い年月を、独りで何を目的としているかも分からずダンジョンで過ごしていたアカツキと、永遠の命を得て生きることに飽き、微睡《まどろ》みの中で過ごしていたブラン。二人の言葉は重く感じられた。

「……分かりました。考えておきます」

瞬時に決められるほど、簡単な問いではない。アルはそう答えるしかなかった。

五十．美味を食す

照りつける日差しを受けて、顎まで伝ってきた汗を袖で拭う。見上げれば、高く上がった太陽が眩《まばゆ》い光を放っていた。

そろそろ昼になる時間だ。今日の畑作業はここまでにしようと決めて家に戻る。軽くシャワーを浴びて居間に入ったところで、ぐったり伸びているブランを発見した。あまりに野生の本能を放棄した怠惰な体勢である。

『……暑い』

「春になったと思ったら、急に気温が上がったね」

呻《うめ》くように言われたので、アルは苦笑して冷風が出るように設定した魔道具をつけた。この魔道具をつけることすら忘れるほど、ブランは暑さで脳がやられているらしい。

ブランが這うようにのそりと魔道具に近づいた。目を細めて涼しい空気を感じているようだ。

「お昼何食べようか？」

『ガッツリ肉だな！』

「……そこまで暑さにやられていても食欲がなくならないところがブランだよね」

『それは褒めているのか？』

「どう思う？」

『……質問に質問を返すのは良くない』

ブランの文句は軽く聞き流し、アルは肉の塊を取り出して薄くスライスし始めた。ブランと違って、アルは人並みに暑さにやられる。今日はさっぱりとしたメニューにするつもりだ。

調理場で作業を始めたアルの方へブランが近づいてくる。どうやら暫く体を冷やしたことで気力が回復したようだ。

『甘味も食いたいな』

「一切仕事していないくせに、よくそんな要求ができるよね」

朝から畑で作業をしていたアルと違って、ブランは優雅に朝寝を楽しんでいたはずである。暑さにやられてはいたけど。

『むぅ……甘味……』

目を潤ませて見つめてくるブランに呆れる。嘘泣きしてまで甘味が欲しいのか。いつも言っている【偉大なる聖魔狐《セントフォックス》】としてのプライドはどこに行ったのか。

「……分かったよ。アカツキさんに氷菓を出す約束をしてるし、ついでに作るから大人しくしてて」

ため息をついて承諾すると、一気に態度を変えたブランが尻尾を振って再び体を冷やしに魔道具の方へと駆けて行った。あまりに現金な態度である。

「アカツキ、ただいま休憩に戻りました！　今日のお昼ご飯は何ですか？　って、こっち、暑いですね。うちに来た方が快適ですよ？」

アカツキが転移で現れると同時に部屋が一段明るくなった気がした。ブランと二人でいる時は良くも悪くも淡々とした雰囲気になることが多いのだが、アカツキは何か独特なエネルギーを放っている気がする。

「今空調を付けましたから、すぐに涼しくなりますよ」

「なるほど。それなら良いんですけど。というか、ここ俺の支配下に置いているんで、ちょちょいと温度弄《いじ》ってきましょうか？」

「そんなことできるんですか？」

近づいてきたアカツキが、肉を見ながら「凄い量……」と呟き、次いで提案してきた内容に、アルは目を見開いて驚く。

「アルさんの結界が敷かれている範囲だけですけどねぇ。ダンジョンと同様にある程度環境を変化させられますよ」

「でしたら、ぜひお願いします」

アルもこの暑さを避けたいと思うくらいにはうんざりしていた。急な気温変化は本当に嫌だ。

「じゃあ、まだお昼ご飯の準備には時間がかかりそうなんで、いっちょ弄ってきます！」

そう言ったアカツキが奥の部屋へと駆けていく。ダンジョンに帰らずとも領域支配装置で環境変化を行えるようだ。

「……アカツキさんのデザートは豪華にしよう」

だらけているだけのブランと違って、アカツキはなんと気が利いて便利なのだろうか。

アルの呟きが耳に届いたのか、床に転がっていたはずのブランが身を起こして視線を向けてきた。顰めた顔で何やら悩んでいるようだ。

「どうしたの？」

『午後、川魚でも獲《と》ってきてやろうか？』

不意の提案に目をきょとんと見開く。すると、ブランが慌てたように言葉を続けた。

『わ、我だって、役に立つのだ！　川なら涼しいし、今の時期は旬の魚がいるはずだ！』

「……じゃあ、今夜は川魚のメニューにするね」

『うむ！　たくさん獲ってきてやるから、デザートは我の分も豪華にするんだぞ』

「はいはい」

ブランの要求は最初から分かりきっていた。アカツキだけ豪華な甘味を供されるというのが気に入らなかったのだろう。そこでただ自分もそうしろとねだることなく、働きへの対価として要求してきたところが、アルの性格を熟知したやり方だった。

「お、今夜は川魚ですか？　塩焼きにすると美味しいんですよねぇ。これは、ビールを用意しておくべきですか？」

「僕は飲まないので、アカツキさんのご自由にどうぞ」

戻ってきた途端のアカツキの提案に苦笑する。「暑い時のビール、最高に美味しいんですけどねぇ」と呟くのを見ながら、アルは微妙な気持ちになった。

動物の姿で酒を飲むのはちょっといけないことな気がする。とは言え、味覚などは人間の姿の時と同じようだから、小さな体でアルコールを吸収しても問題はないのだろうが。

「夕ご飯の前に昼ご飯ですよ」

テーブルにドンと茹でた肉を置いた。肉と一緒に野菜も茹でていて、一度氷で締めている。タレはショウユをビネガーと混ぜてさっぱりさせたものだ。レモンも搾ってかけているので、より清涼感のある仕上がりになっていると思う。

「冷しゃぶ、いいですねぇ」

『肉だ！』

ブランとアカツキが嬉々《きき》とした様子でテーブルについたところで昼食が始まった。

「美味いっす！」

『うむ。程よく脂が残っていて肉に甘みがあるな。タレがさっぱりでいくらでも食える』

二人の食べる勢いが凄まじく、大量に茹でた肉は見る間に嵩《かさ》を減らしていった。

『甘味はなんだ？』

肉がなくなったところですぐさまその質問をするのはどうかと思うが、ブランだから仕方ない。

アルはため息をついて、仕込んでいたデザートの仕上げに取り掛かった。

「おお？　フレンチトーストですか？」

「フレンチトーストが何か分かりませんが、パンプディングですね」

「たぶんそれ、同じような物っす。パンプディングっていう方がお洒落《しゃれ》な気はする」

アルの調理を覗きこんできたアカツキが、何故か落ち込んでいる。お洒落な呼び方を自分からしたかったのだろうか。

『……良い匂いだな』

卵液が十分にしみこんだバゲットを、たっぷりのバターを溶かした平鍋に入れた途端に、ジュワッという音と共に甘い香りが漂う。火を通している間に、デコレーション用のフルーツを切った。

焼けたパンプディングに粉糖をかけ、糖蜜花の水飴を混ぜた氷菓と色とりどりのフルーツを飾って完成だ。

我ながら見た目のボリュームが凄いことになった気がする。

「俺、こんな豪勢なフレンチトースト食べたことないっす……」

『おお！　凄いな』

呆然と皿を見下ろしているアカツキを放って、デザートを楽しむ。このために、昼ご飯で食べる肉の量を控えめにしておいたのだ。

温かいパンプディングで程よく氷菓が溶け、バターの風味と混じって濃厚な味になっていた。だが、フルーツの酸味が中和してくどさのない後味だ。この組み合わせは最高な気がする。

「美味しい。これから氷菓を消費することが増えそうだから、たくさん作っておこうかな」

『いいな！　フルーツを混ぜた物も旨いと思うぞ』

「そうだね。う～ん、フルーツの量も減ってきたし、ブラン、川魚獲って来るついでにフルーツも採ってきてね」

『ぬ……仕方あるまい』

一瞬、暑い中森を駆けることに難色を示したブランだったが、フルーツとそれで作られる氷菓は逆らい難い魅力だったらしい。その内心の葛藤がまざまざと分かる表情の変化を見て秘かに笑う。

「うみゃーい！　俺もアイス大好きなんで、フルーツたくさん持ってきますね！　アイスと言えば、俺、チョコとかピスタチオ味とか好きなんですけど、どうですか？」

「チョコ、ピスタチオ、ですか……？」

「……チョコないのか！　カカオを作ればいいのか……？　でも、俺加工方法とか知らないぃ。カカオとピスタチオは豆っぽい物だった気がするから、ダンジョン能力でいけるか……？　後はアルさんの天才的能力でいけないか？」

アカツキは衝撃を受けたように固まった後、何やら呟きながら真剣に検討している。また、新しい食材を創り出すつもりのようだ。

創るのは良いのだが、それを加工することについてアルに頼り切るのは如何《いかが》なものかと思う。アルだってたぶんできないこともあると思うのだ。鑑定眼は理解が及ばないくらい詳しい情報をくれることもある優秀さだが。

「よーし、そうと決まれば、ちょっとダンジョンで創ってきますね！」

何がどう決まったのか分からないが、デザートを完食したアカツキが気合いに満ちた様子で姿を消した。アルが声を掛ける隙も無い早さだった。

『……よく分からんが、新たな甘味を期待していいのか？』

「とりあえず、僕が頑張らないといけないのは確かだろうね」

アカツキのテンションについていけなかったブランと顔を見合わせた。

『旨いもんが増える分には喜ばしい。我は一休みしてから川に行くぞ』

そう言って冷たい床に寝そべるブランを見て、アルはぽつりと呟いた。

「……また寝るんだ？」

この狐、労働意欲低過ぎである。

アカツキが帰ってきたのは、アルが新たな魔道具を作ろうとしていた時だった。差し迫って必要な物があるわけではないが、魔道具に使う新たな魔法陣を作ることが楽しくてしている。いわば趣味だ。

「んふっふ～、創りましたよ、できましたよ、カカオとピスタチオ！　加工お願いします！」

「随分早い出来上がりですね。いくらダンジョンでも、作物はそんなに早く育つものじゃなかったと思うんですが？」

手に持っていたペンを置いて、アカツキに向き合う。虚空から白い布で包んだ物を取り出していたアカツキが不思議そうに目を瞬かせた。

「あれ、伝えてませんでしたっけ？」

「何をですか？」

「アルさんがダンジョンに暫く滞在してくれて、その後お友達も連れて来てくれたでしょう？　それで、どうもダンジョンのレベルが上がったみたいなんですよねぇ」

アカツキがテーブルの上に物を載せながら呟く。その言葉の意味はよく分からない部分もあったが、どうやらダンジョンでできることが増えた、ということらしい。

「一部の植物を選択して生長スピードを上げることができるようになったんですよ」

「それは……便利ですね」

そう言うしかない。ダンジョンとは、ダンジョンマスターが望む能力を増やす機能でもあるのかと思うくらい、アカツキに合った能力だ。

「そして、これが、カカオ（もどき）とピスタチオ（もどき）です！」

「カカオとピスタチオ……」

名称の後に余計な言葉も付属していた気がするが、アルはそれを無視して鑑定眼を使った。

テーブルに置かれたのは手のひら大の茶色い実と親指の先くらいの緑色の実である。アカツキは豆と言っていた気がするのだが、とてもそうは見えない。

「ピスタチオの実とチョコレートの実……？　カカオじゃないんですね」

鑑定眼で見えた名称を呟くと、アカツキが視線を逸らした。アルが説明を読み込んでいる間に、ぼそぼそと何かを呟いている。

「実物を詳しく知らなかったんで、ショウユの実とかみたいに創ればいいんじゃね？　って思い至った結果、これが出来上がったんです……。でも、使い方が、まるで分からない！」

「……思いの外、簡単そうですよ」

「え？」

アカツキから最初未知の名称を聞かされた時はどうなることやらと思ったのだが、アカツキ自身それがどういう物かという知識が定かでなかったために、アルにとっては幸いな物が出来上がっていた。

鑑定眼で見えた内容は、本来のチョコレート作りという、カカオがないこの世界では使いようもない知識を披露しながら、チョコレートの実によるチョコレート作りが如何《いか》に簡単かという主張だった。

簡単にチョコレートを作れるようにチョコレートの実を創ってやったぞと言いたげな内容で複雑な気持ちになる。アカツキのダンジョン能力とアルの鑑定眼の能力が連動しているようなのも不思議だ。

「この作り方だったら、最初から魔道具を作って作業した方が簡単そうですね」

「おお！　まさか、こんなにとんとん拍子でいけるとは！」

アカツキが大袈裟な驚嘆を示すが、アルも内心は同じ気持ちだった。あまりにアルたちに都合が良すぎる気がする。

だが、そんなことを考えていても仕方がないので、アルはピスタチオペーストとチョコレートを作成する魔道具と、ついでに氷菓作成魔道具を作ることにした。


ブランがアイテムバッグを抱えて帰ってくる頃には、調理台には多種多様な甘味が並んでいた。と言っても、冷やす必要がある物はすぐに保冷庫に入れているので、並べられているのは本日の成果の一部だが。

『大漁大漁。アル、魚を焼く準備はできてるかぁ！』

「おかえり、ブラン」

「あ、おかえりなさーい」

『……やけに大量だな。今日は甘味食べ放題か？』

「そんなわけないでしょ。今、アイテムバッグに仕舞ってるの」

ピスタチオペーストとチョコレートを試食したアルは、そのあまりの美味しさに感動して、それらを応用した甘味を作りすぎてしまった。作ることを要望していたアカツキさえ、作業を見守りながら呆れた表情になるほどの勢いだったのは反省すべき点である。

だが、午後の時間を甘味作りに費やし、納得ができる物がたくさんできてアルは満足だった。

「昼に氷菓を食べたし、夜はケーキをデザートにするね」

『うむ。どれも旨そうだから構わんぞ』

アイテムバッグに仕舞われていく甘味の数々を名残惜し気に見つめながらブランが頷いた。

「アカツキさんに、外で炭の準備をしてもらっているから、川魚はそこで焼こう」

「バーベキューですね！　魚だけじゃなくて、肉と野菜も欲しいです！」

『それはいいな！　アル、肉も必要だ！』

「……分かったよ」

甘味を仕舞い終えたアルは、あらかじめ用意していた肉や野菜を持って外に向かった。こうなるだろうと予想していたのだ。

川魚を遠火で熱しながら、網で肉や野菜を焼く。焼けた順からアカツキとブランの皿に載せ、合間で自分の口にも運んだが、二人の食べるスピードが速すぎてなかなか忙しない。

「一旦休憩！　僕も食事に集中する！」

新たな肉と野菜を網に並べたところで宣言すると、皿の上に盛られた物をすごい勢いで食べていた二人のスピードが緩んだ。食べ切っても追加を待たなければならないと察したらしい。

それを横目で見ながら、アルも川魚を口に運ぶ。振った粗塩の塩梅《あんばい》が天才的だ、と自画自賛してしまうくらい美味しかった。もちろん、程よい脂がのった川魚自体が美味しいというのもあるのだが、やはりシンプルな料理はその調味料の量が非常に重要である。

パリッとする皮目にふっくらジューシーな身。噛むごとに溢れる魚本来の旨味《うまみ》。非常に美味しい。

『……もう、肉焼けているんじゃないか？』

「肉、良さそうですね……」

明言されずとも二人が望んでいることはよく分かる。焼けた魚を自分で手に取って食べているのだから、それを食べ終えるまで待てばいいのに。それくらいの時間じゃ肉は焦げない。そう思いつつも、魚を掴む反対の手で肉を野菜と共に盛ってやった。

『旨いな！』

「美味しいですねぇ。この、バーベキューしている感じが、一足先に夏を味わっているようで、なんだか幸せです」

アルにとっては外で食事をするのはさして特別な事ではないが、アカツキにとっては少し感慨深い事のようだ。

暫く賑やかな食事を続け、用意した物が全て食べ尽くされたところで、アルはにこやかにデザートを取り出した。

「さて、お待ちかねのデザートです！」

『珍しくテンションが高いな』

「いえーい、どんどんぱふぱふ！」

出来に自信があるが故に、意気揚々とデザートを配るアルに、ブランは少し驚いたように目を見張っていた。アカツキは意味の分からないことを叫んだだけだったが。ビールを飲みすぎて酔っぱらっているのだろうか。だから、食事の途中で、体の大きさを考えて飲めと注意したというのに。

『……こ、これは、なんだ!? 見た目は苦そうなのに、濃厚な甘みだ！ しっとり滑らかで、くちどけがいいな！』

「チョコレートクリームとピスタチオムースを挟んだチョコケーキだよ。生地にもチョコレートを使って、上からもかけているんだ。クリームでコーティングしても良いかと思ったんだけど、それだと甘すぎる気がして」

艶やかな黒色の表面とは違い、断面は茶色と白っぽい茶色、ピスタチオの緑色が層になっている。表面のチョコレートは甘み控えめにした。

「……チョコレートを作ってくれと頼んだ俺が言うことじゃないかもしれませんが、アルさん凝り性がすぎますよね。なんでたった数時間でパティシエ級の物を作り上げちゃってんですか！　料理才能マイナスの俺を馬鹿にしてます!?」

「なんで怒っているんですか……」

アカツキがよく分からないノリで怒りだしたのでケーキを取り上げようかと手を伸ばしたら、盛大に泣き喚いて拒否された。その勢いが凄すぎて少し身を引く。酔っ払いは面倒くさいとため息をもれた。

口に入れたチョコレートの美味しさに、そんな複雑な思いもどこかへ消え去ったが。

「うん、完璧。美味しいな」

会心の出来にアルは無意識に微笑んでいた。

五十一．ランクアップ試験

畑での収穫作業や料理の作り置き、魔道具作りなど、日々を自由気ままに過ごしながら今後について考えていたら、あっという間に冒険者ギルドのランクアップ試験の日になった。

『森を出るのは久々だな』

「そうだね。……面倒くさい人たちに見つからないといいけど」

ここ最近、食って寝てを繰り返していたブランが、グイッと伸びをしながら呟く。

ランクアップ試験を受けるのはアルなので、ブランが体をほぐす必要はない気がするが、怠けすぎた反動か動きに納得がいかないようだ。念入りに手足を動かしながら首を傾げていた。

アルはそれを見ながらため息をつく。何度も「もっと動いたら？」と提案したのに聞き入れなかったブランが悪いと思う。

「ランクアップ試験の後はお姫様と会うんですよね？」

「ええ。ギルドから変更を伝えられなければ予定通りに会ってきますよ」

「ふ～ん。……一体どんなお話なんでしょうねぇ」

ブランの動きを目で追いながらソファで寛いでいるアカツキは、今日もアルとは別行動の予定である。ここ暫くダンジョンに帰っては何かをしているようなのだが、そろそろその内容を聞くべきだろうか。領域支配装置の二の舞だけはお断りだ。

「アカツキさん――」

「あ！　そうだ、ご報告することがあるんでした！　ここ最近の成果がやっと出て来たんです。アルさんが帰ってきてからお見せしますね！」

アルの呼びかけに被《かぶ》せるように、アカツキが嬉々とした様子で言う。アルはゆっくり瞬きをしてから微笑んだ。聞くまでもなく、報告してくれるようだ。どんな内容かまだ分からないが、一応の心構えをして楽しみに待っていようと思う。

「分かりました。じゃあ、行ってきますね」

「いってらっしゃい！」

ブンブンと腕を振るアカツキに苦笑しながら、ブランが肩に跳び乗ってきたのを合図に転移魔法を発動させた。


街に転移したアルは、アカツキに貰《もら》った姿隠しのマントの中で苦い顔をして歩いていた。というのも、転移の印を置くために借りたままだった宿の女将に、長らく出歩かなかったことを不審に思われていたことを知ったからだ。

「……深く考えなくても当然だよね」

『もっと早くに気づくべきだったな』

周囲に覚《さと》られないほどの小声で呟くアルに、ブランの呆れ混じりの声が突き刺さる。

借りている間は部屋に立ち入らないようあらかじめ女将に頼んでいたのだが、あまりにアルたちが出てこないので、何か怪しげなことをしているのではと危険視され、今日顔を合わせた瞬間に宿泊延長をお断りされてしまったのだ。

アルは粛々とその申し出を受け入れた。今後街に来るときの新たな転移場所を考えなくてはならない。

「ソフィア様との話し合い如何《いかん》では、転移場所自体が必要なくなるかもしれないけど……」

『この国の飯は気に入っているが、もっと別のところの旨いもんを探すのも良いな！』

ブランが嬉々とした様子で提案する。ブランにとって美味しい食べ物が一番の判断材料らしい。アルも美味しい料理は好きだが、それだけのためには生きられない。

「さて、そろそろマントを取ろう」

ギルド近くの路地でマントを脱ぎ、周囲からの不審な視線がないか確認してギルドに入った。

ギルド内はそれなりの数の冒険者で賑わっていた。遅めの仕事に取り掛かる者たちが依頼を吟味しているらしい。

幸いなことに、カウンターには人が並んでいなかったので、アルは混雑した依頼板を横目に真っ直ぐ進んだ。

「おはようございます。……ああ、本日のランクアップ試験の受験者ですね。試験は地下の訓練室で行われます。試験官もすぐに行くと思いますので、そちらでお待ちになってください」

「分かりました。ありがとうございます」

冒険者証を差し出してすぐに試験の案内をされた。アル以外にも受験者はいるはずだが、職員全員に周知してあるらしく、非常にスムーズな流れだった。

『ここは地下に訓練室があったのか。……魔法で試験を受けなくて、良かったな？』

「さすがの僕だって、訓練室を壊すようなことはしないよ？」

『その制御ができると思っているのか？』

心底不思議そうに言われて、アルは憮然とした。魔法の威力制御に不安があったから剣術での試験を希望したのは確かだが、そこまで言われるのは大変不本意である。少なくとも、森の一部を焼き払ったブランには言われたくない。

なんと抗議すべきか考えながら階段を下りていたら、広い空間に出た。地下とは思えないほど高い天井に煌々《こうこう》と明かりが灯《とも》り、床には人工的な障害物が設置された本格的な訓練場だ。

「……結構凄い技術を使ってる気がする」

『うぅむ。……何か違和感があるな』

興味津々で天井や壁を観察するアルに対し、ブランは首を傾げて思案げにしていた。

ブランが何を言いたいのか分からず、アルも首を傾げながら周囲を見渡す。

「他の受験者はいないね」

『そうだな。……あ、この空間、アカツキの所と似ているのか!』

「え?」

不意に声を大きくしたブランに驚き、アルは目を見開いた。

アカツキの所とはダンジョンのことだ。この訓練室がダンジョンと似ているとはどういうことだろう。そう思ってすぐにアルもブランが言いたいことに気づいた。

「——空間魔法の魔力がある?」

『うむ。そんな感じがするぞ』

思わずブランと顔を見合わせた。その時、不意に背後から人の気配がして振り返る。

「おっと。そんなに警戒しないでくれよ」

アルたちが瞬時に身構えたのに気づいたのか、階段から現れた男が両手を挙げてひらひらと振る。

「えっと、同じ受験生ですか?」

Cランクの試験に挑む冒険者には見えないが、一応聞いてみた。男が苦笑してポケットから何かを取り出す。試験官証と書かれたプレートだった。

「いや、試験官のマルクスだ。冒険者もやっていて、ギルドランクはA。来た順に試験をすることになってるから、さっさと済まそうぜ」

「なるほど……よろしくお願いします」

『ふ〜ん、Aランクか。レイと同じだな』

マルクスの後に続いて訓練室の中央に向かう。剣術で試験を行う予定だが、木剣などはなくていいのだろうか。ブランも一緒にいるままだし、試験について詳しく聞きたい。

「ここの訓練室は、魔法や衝撃に強い作りになっている。国一番の魔法技術者が作った物らしい。……噂に聞く限りじゃ、そいつについての説明をお前にする必要はないだろうが」

ソフィアが作った訓練室だったようだ。彼女はこんな魔法技術も作り上げていたのかと感嘆しながら周囲を見渡す。確かに、魔法や物理干渉を妨げる結界のようなものを感じる。なかなか維持費がかかりそうな施設だ。

「よし。まずは試験の説明だ。詳しい内容は受験者には伏せてあったはずだから、今聞いて理解してくれ」

「はい」

『我はどこにいたらいいのだ？』

首を傾げるブランの頭を撫でる。その疑問も恐らくマルクスが解消してくれるだろう。

「試験は剣術を基本に行う。だが、冒険者はあらゆる手段を用いて依頼を達成するのが仕事だ。対応力も判断したいから、その他の戦い方を併用してくれて構わない」

「……最初から、前提が崩れていますね」

わざわざ試験の方法を選ばせたのは何故だったのか。アルは苦笑しながら指摘した。マルクスも苦笑しているので、同じことを疑問に思ったことがあるのだろう。

「冒険者の資質を見るためだな。剣術での試験を行うと言われていたら、それだけに心血を注いで特訓し、他の技術を疎《おろそ》かにするような奴もいるんだ。そういう奴は、資質が足りないと判断される。……お前はそんなことがなさそうで良かったぞ」

そう言いつつ肩をすくめるマルクスの様子を見て、彼がアルの実力をいくらか正確に読み取っているのだと悟った。これまでのギルドでの実績は特筆すべきものではないはずだが何故だろうか。

「そもそも、魔物暴走鎮圧の功績があるらしいから、Cランクでもまだ低いと思うんだがなぁ」

「あ、そういえばそんなこともありましたね……」

「おい、魔物暴走を鎮圧するのって、そんな簡単に扱っていいもんじゃねぇからな？」

呆れ混じりの忠告をもらってしまった。既に遠い過去のように頭から抜け落ちていたが、確かにDランクで魔物暴走時に活躍したという功績は実力を証明するのに十分だろう。もしかしたらそれも加味されて、ランクアップ試験を受けられるようになったのかもしれない。

「――まあ、つまり、お前たちは全力で俺に挑んでくれればいいってだけ……だっ！」

「っ……なるほど、実戦形式というものですか」

突然振られた剣にアルは驚きながらもすぐに避けた。試験開始の合図さえない実戦形式の試験というのが、Cランクに上がるためのルールのようだ。

「訓練室が壊れないようにだけ気をつけてくれよ！」

「……分かっていますよ」

どうやら本当に、アルの能力は大分正確に把握されているらしい。

マルクスに注意を受けて、アルは思わず顔を歪めた。振るわれる剣とアルが構えた剣が硬質な音を立ててぶつかる。

一瞬動きが止まった隙に、ブランが床に下り立った。

『お前たち、とわざわざ呼びかけたくらいだ。従魔扱いされている我も参戦するべきなのだろう？』

「……ブラン、ほどほどにね？　森狐《フォレストフォックス》ってこと忘れないでね？」

『森狐《フォレストフォックス》だと装うべきなのは分かっている。……森狐《フォレストフォックス》って、どの程度のことができるのだ？』

少々不服そうな言葉の後、今更な疑問が飛び出してきた。確かにその設定を詳しく考えたことは、これまでなかったかもしれない。

「……訓練室、大丈夫かな。マルクスさん、危険を感じたら、一目散に逃げてくださいね？」

「一体、何をするつもりだ⁉」

剣でぶつかりながら、思わず憐憫《れんびん》の表情でマルクスに忠告すると、盛大に引き攣った顔で叫ばれた。

大丈夫。死にはしない。……だけど、今までため込んでいた薬が活躍するときが来たかもしれない。

アルは無言で微笑み頷く。それを見たマルクスの表情がさらに歪み、少し及び腰になったように見えた。


凄まじい速度で剣がぶつかる。

体格差があるため、どうしてもアルの剣は軽くなりがちで、魔物に対峙する際は魔力で威力を補っていた。だが、冒険者との戦闘において過剰に魔力を注いでしまった場合、剣どころか相手まで両断してしまう。

その力加減の調節に、アルは思っていた以上に苦心していた。

この試験はCランクに上がるための試験なのだから、Aランクのマルクスに勝利する必要はないはずである。だが、アルとてそれなりにプライドがあるので、実力を制限しすぎて負けるのは嫌だ。

『ふむ。殺さずに制するというのは難しいな』

マルクスを攪乱《かくらん》するように動き回るブランも、アルと同じ思いを抱いているようだ。素早く動き爪や牙で一撃を入れようとしては離れてと繰り返し、決定打を放ちかねている。

「おいおい、俺をあまり見くびらないでくれよ？」

「殺したらいけない人間相手って難しいんですよね」

剣を振るう速度を上げるマルクスに難なくついていきながら、アルは煽りに乗らずに冷静に呟く。

そもそもどうすれば試験が終了になるのか定かではない。審判がいない以上マルクスが判断するのだろうが、その基準は戦闘継続時間なのか戦闘内容なのか。

威力を調整しながら剣を交えるのもいい加減うんざりしてきたので、アルはここ数日間の研究の成果を披露することにした。

これまでより多めに魔力を込めた剣でマルクスの剣を強く払いのけ、大きく後ろに跳び退《しさ》って距離をとる。

「ブラン！」

呼びかけた途端にブランも何かを察したように跳び退る。さすが相棒だ。打ち合せなんて全くしていなかったのに。

「これでもどうぞ」

僅かに警戒を見せながらも迫ってこようとしたマルクスの足下に、ポケットから取り出していた物を投げつけた。軽い衝撃音とともにブワッと緑の物が溢れだす。

「うおっ!?　なんだ、これ、っ、ぅ……」

「あ」

『……まあ、なんだ……あまり後味が良くない終わり方だな……』

絶え間なく続いていた戦闘が不意に終わった。これは戦闘試験であり、本来その終了はマルクスが宣言しなければならないはずだが、どう見てもそんな余裕はなさそうなので、アルが勝手に判断した。

というのも、マルクスは今、溢れる大量の蔦に覆われてその姿が見えなくなっているからだ。不明瞭な呻き声が聞こえてくるので、生きているのは確実だ。

終わりどころが分からない戦闘に苛《いら》ついていたはずのブランが、何とも言い難い表情で憐《あわ》れみの眼差しをマルクスに投げていた。

「やりすぎた？」

『戦闘の手段は決められていなかったのだから別に問題はないだろうが……。施設を壊してもいないしな』

そう言う割にブランのアルを見る目は多分に呆れを含んでいる。そして、さっさとあれをどうにかしろと言いたげに顔を動かすので、アルは粛々と後始末に取り掛かった。

始末は簡単だ。蔦の出所になっている魔石を剣で壊すだけ。そもそも小さな魔石なので、もう少しすれば自然と蔦は消えていただろう。

「ブハッ！　っ、なんだ、これ……」

蔦から解放されたマルクスが荒い息で肩を上下させながら、消えゆく蔦をまじまじと見つめていた。

「捕縛用の魔道具です。詳しい説明がいりますか？」

もう剣を向けてくる様子もなかったが、一応距離をとりながら声を掛けると、大きなため息をつかれた。そのすぐ後に試験の終了が宣言される。

「……後学のために教えてくれ」

アルはそれにニコリと笑って頷き、嬉々として説明を始めた。若干マルクスが身を引いたように見えたのだが、それは何故なのか。成果の発表に夢中になっていたアルは軽く受け流した。

「――つまり、これは、魔力で作った蔦を出して、最も近くにある生命体を捕縛する魔道具なんだな」

「ええ。実はとある魔物っぽい物を参考にして作ったんです」

説明を聞いたマルクスが反芻するので軽く頷いて答えた。

とある魔物っぽい物とは、フォリオが生み出していたプランティネルだ。あれの元になった木は蔦性の物ではないのに、攻撃の手段として蔦を用いていたことを不思議に思い、色々と調べていたのだ。

本来実体を持たない魔力に物理的要素を持たせることは難しい。できたとしても、莫大な魔力を必要とするので実用性に乏しい物になる。

プランティネルは、自分の体の一部を蔦へと改変し操っていた。つまり、元に実体があれば、それを魔力で改変したり操ったりすることが可能だと示していた。

「これが使用前の捕縛用魔道具です」

アルが取り出したのは一見すると蔦が編まれた玉だった。これの内部には魔法陣が刻まれた魔石が入っている。

使った魔法陣は、着弾と同時に魔石を囲う蔦を魔力で増量・増強させて、一番近い生命体に巻きつくよう指示したものだ。

魔石に直接魔法陣を刻んでいるので再利用不可の魔道具だ。それに、今の状態では捕縛対象を間違える可能性もあり、まだ研究の余地がある。ブランがさっさと跳び退いてくれたのは本当に助かった。

『一歩遅ければ、我が捕まっていたのではないか!?』

「大丈夫。さっき見たでしょ？　すぐ解除できるから」

『捕まっている時点で少しも大丈夫じゃないぞ！』

ブランにキャンキャンと抗議されて耳を塞ぐ。

命を奪う物でもないし、そこまで怒るほどのことではないと思う。ブランなら蔦が襲ってきても、あっさり切り抜けられるだろうと思ってもいた。この魔道具で作り出す蔦は魔力で強化しているものの、ブランの攻撃力を防ぎきれるほどではないのだ。

マルクスは剣を振り上げた状態で一気に蔦に捕まってしまったため、不運なことに全く手も足も出ない状態に陥っただけである。

アルはすぐに自力で脱出してくるだろうと予想していたのに、ほとんど無抵抗だった。もっと頑張ってほしい。おかげで魔道具の威力をいまいち判断しきれない結果になってしまった。やはり魔の森で魔物相手に試すべきであろうか。

「……俺の対応が悪かったことは分かった」

憮然とした表情でマルクスが言う。その後に小声で「だけど、こんな魔道具あるなんて聞いたことねぇよ。普通に理解できなくて対処遅れるに決まってんだろ」と呟いていたのは聞こえない振りをした。

この試験では冒険者としての対応力を測っていたはずである。ならば、Aランクのマルクスなら、この程度の魔道具には対応できて当然だと思うのだ。魔物と対峙した時に、予想外の能力で攻撃されたから対応できなかった、なんて言い訳は通用しないのだから。

そんな、どちらが試験官なのかと言いたくなるようなことを考えていたアルに、不意に何かが差し出された。

「これは……？」

「ランクアップ試験の評価書だ。受付で提出してくれ」

【冒険者技能評価書（詳細）】
剣術：B相当（剣筋：正統な構え。騎士的な流派の可能性あり）
魔法：評価不能（試験で不使用）
敏捷性《びんしょうせい》：A相当。
対応力：B相当（対人戦は不慣れ。護衛依頼受注の際は要注意）
その他（備考）：特殊！
独自の魔道具を戦闘に組み込むなど予想外の戦闘方法。また、試験では実力を出し切れていない可能性有り。従魔の実力も不透明。
【総評】
Cランクとして十分な実力。

『ほ～う、こんなものを渡されるのか。我の実力を読み取れないのは当然だな。我が本気を出せばこの街さえ吹っ飛ばしてしまえるからな！』

アルの肩に上ってきたブランが評価書を覗き込んで偉そうに胸を張っていた。その言葉がどこまで本気かは分からないが、あまり物騒なことは言わないでほしい。

だが、それよりも気になるのは――。

「こんな詳細な評価を出されるとは知りませんでした」

「ん？　そうだな。Ｃランクになって漸く冒険者は一人前だと数えられる。これからも精進してもらうための、ギルドからの餞別《せんべつ》だと考えてくれ」

「詳細な評価のために、剣の流派などにも詳しい方が試験官になるのですか？」

一番引っかかっていたのはそこだった。あまり長い時間剣を交えたわけでもないのに、マルクスはアルの剣筋を正確に読み取っていた。しかも、騎士という言葉まで使っているからには、彼自身がそのような流派も熟知しているのだろう。

「俺は色んな流派を学んできたからな。それもあって試験官を請け負っているのさ」

あっさり言ったマルクスがニヤリと笑った。軽くアルの肩を叩いて通り過ぎていく。どうやら上に戻るようだ。

「もし元の身分を隠したいと思っているなら、剣筋に気を配った方がいい。目が良い奴はすぐ気づくぞ。まあ、お前は誰かと一緒に組んで依頼を受けるわけじゃなさそうだから、あまり気にしてこなかったのかもしれんが」

正直、耳が痛い助言だった。マルクスは完全にアルの元の身分を察しているようだ。

後ろをついていきながら苦笑する。ブランが半眼で頭を小突いてきたので、わしゃわしゃと毛を掻き乱してやった。

「ああ、そうだ」

あと一歩で受付のあるフロアに着くというところで、マルクスが振り返ってきた。茶目っ気のある表情でウインクする。

「お前の試験官、俺が挙手して引き受けたんだ。グリンデル国貴族の流派とは書かなかったから、お前も詳しいことは説明しなくていい。――レイに『今度会ったら酒おごれ』って伝言よろしく。ちなみに、お前のことをよろしくとは言われたけど、詳しい事情は聞いてないから、情報漏洩《ろうえい》であいつを責めないでやってくれ」

固まったアルの前からマルクスの姿が消えた。

『……あいつ、こんなところまで根回ししてたのか』

「……どういう関係なんだろうね」

ノース国を拠点に活動しているレイと現在ドラグーン大公国で活動しているマルクス。その接点が分からず、困惑の眼差しをブランと交わした。

だが、とりあえず――。

「――レイさんに会ったら、お礼を伝えておこう。あと、酒代を渡しておく」

『うむ……。我も、多少は撫でさせてやってもいいぞ』

「それはお礼になるのかな?」

『我の最高の毛並みを触れるのだぞ?』

あまりにも当然と言いたげにきょとんとされたので、アルも一瞬そうなのかなと納得しかけた。だが、冷静に考えておかしい気がする。

「ブランは、自分の毛並みに自信を持ち過ぎだと思う……」

不満を込めたアルの言葉はブランの耳に届かなかったようだ。いつの日か、認識を改めてくれるよう望みたい。

五十二．密談と決意

「お待ちしておりました」

「……早いですね」

『物凄く違和感があるのに、堂々としすぎて誰も声をかけられないようだな』

受付があるフロアに戻ってきたアルを、微笑を浮かべたヒツジが出迎えた。

堂々と階段脇で立っていたのだが、執事服姿の男が冒険者ギルド内にいるのは非常に目立つ。依頼をしに来ている風でもないので、冒険者たちから奇異の眼差しを向けられていた。

確かにこの後にヒツジたちと会う約束をしていたが、冒険者ギルドの中にまで迎えに来るとは思っていなかったので、アルは苦笑しながらもう少し待ってほしいと頼んだ。

「……ほう、冒険者ギルドのランクアップとは、そういう風にするのですね」

試験の評価書を受付に提出するアルの後ろから、ヒツジが興味津々で覗いていた。評価書の内容は見ないようにしていたようだが、ギルド職員の仕事ぶりなどに関心を抱いているようだ。

ヒツジは大公家の姫に仕える執事だ。冒険者ギルドなどに直接足を運ぶ立場ではないだろう。

「——ギルドランクの更新が終わりました。こちらが新しい冒険者証です」

「ありがとうございます」

ヒツジに見つめられて戸惑い気味の職員から新しい冒険者証を受け取った。ランクの箇所が書き換えられただけで、大した違いはない。それ故、あまり感慨もないまま懐に仕舞う。

「用事はお済みですか？　馬車をつけているので、こちらへ」

「……馬車を乗りつけて来たんですか」

ヒツジに促されて歩きながら呆れた顔をしてしまう。

さっきから、ギルドに入って来る冒険者が何度も入り口を振り返りながら不思議そうにしていて、ヒツジを見た途端に納得したように頷くから気になっていたのだ。どうやら、ギルド前に堂々と停《と》められている馬車が目立っていたようだ。

「ええ。姫様が所持している中で、この辺りに来ても問題なさそうな物を選びました。アル様は気にされると思いまして」

「……なるほど」

堂々と語るヒツジだが、アルは馬車を見た途端に深い認識の溝を感じた。

精緻な細工が施された馬車は、煌びやかさはないものの、見る人が見れば分かるほど上質な物だ。上流階級の街中を走る分には違和感がないだろうが、冒険者ギルドの前に停められているのは大変目立つ。

馬車の近くで立ち止まったアルたちに、道行く人々からの注目が集まっていたので、慌ててヒツジを促して馬車に乗り込んだ。

魔の森開拓の立役者として、元々この街の冒険者の間では目立つ存在になってしまっていたが、アルはその状況を歓迎してはいない。これ以上冒険者たちの話題に上る要素を増やしたくなかった。

「姫様はアル様にお会いできるのを大変楽しみになさっておいでなのです。ぜひ今日はごゆっくりとしていってください」

馬車の中で語られたその言葉に、アルはどう返すべきなのか分からずただ苦笑した。


ヒツジにつれられて来たのは、研究所ではなくその隣の屋敷《やしき》だった。

「ようやく来てくださったのね！　もっと話せると思っていたのに、なかなかその機会がないから、ギルドに依頼を出してしまったわ」

アルたちを迎えたソフィアは屋敷の静かな佇《たたず》まいとは相反する明るさだ。

屋敷のバルコニーに設けられたテーブルセットには美しい焼き菓子と薫り高い紅茶が並ぶ。どこからどう見ても、貴族のお茶会という光景だった。

「お招きありがとうございます。服を変えて来た方が良かったですね」

「あら、気にしないでちょうだい。貴方にとってはそれが正装でしょう？」

冒険者としての格好を場違いに感じて謝罪すると、ソフィアがおっとりと微笑む。この国で上位の立場にある女性なのに、そういう気取らないところがソフィアの魅力だった。

促されて席に座ったアルに、早速と言わんばかりに興味津々で輝いた瞳が向けられる。

「最近は何か新たな魔道具を開発したのかしら？」

「えぇと……ソフィア様が興味を持たれるかは分かりませんが、捕縛用の魔道具を作りましたよ」

チョコレート製造魔道具やピスタチオ加工魔道具も作ったが、そもそもの食材をどこから得たのかは教えられないため、それしか話せる物はなかった。

ソフィアは「捕縛用……？」と呟き、現物を見せてほしいとねだってくる。

その後ろでため息をつくヒツジを見ると、軽く頭を下げられた。どういう意味か正確なところは分からないが、魔道具を取り出しても問題はなさそうだ。

「こちらです」

「これは、植物？」

蔦が絡まった玉にしか見えないそれに、ソフィアの目が瞬きを繰り返す。床に落とさないよう口頭で注意してから手渡すと、蔦を指でなぞりながら観察し始めた。

その様子をヒツジが緊張感を漲《みなぎ》らせた表情で見つめている。アルが注意したことを気にしているらしい。

『そんなもん見て、何が楽しいんだ』

「ブラン、食べすぎ」

焼き菓子を詰め込んで栗鼠《りす》みたいに頬が膨らんでいるブランを半眼で見つめる。

誰も横取りするつもりはないのに、何故そんなに急いで食べているのかと疑問に思ったら、隙間のできた菓子皿にすかさず追加が載せられるのが視界の端に映った。

ブランが菓子を食べる度に、新たな菓子がメイドのメイリンによって追加されている。どうやらそれを知ったブランが、無限のように湧いてくる菓子に興奮して食べすぎてしまっているらしい。

メイリンが非常に楽しそうに目を輝かせているので、ブランを甘やかさないよう注意すべきか迷った末に、アルは口を噤《つぐ》んだ。

「――分からないわ。これはどういう仕組みなの？　魔法陣を少しも見せないなんて、ひどいわ……」

不意にソフィアが拗ねた声を上げて、アルに魔道具を返してくる。どうやら新たな魔道具の仕組みを知りたいのに、蔦で全てが覆われていることが不満のようだ。

アルも魔道具好きな人間としてその気持ちがよく分かるので、隠し立てすることなく口を開く。

「蔦の中に魔法陣を刻んだ魔石を入れているんです。使っているのは蔦を増量・増強して操る魔法陣ですね」

「ああ、そういうこと。この蔦が魔力で改変されて対象を捕縛するのね。落とさないようにと注意したということは、発動する鍵になるのが一定の衝撃を受けることなのかしら」

「その通りです」

軽く説明しただけで、ソフィアはすぐに納得を示した。アルが説明を省いたことまで察するとは、さすがの理解力の高さである。

「ソフィア様は最近、どういった物を作ってらっしゃるのですか？」

国立研究所での研究内容は気軽に話せないだろうが、そういうのを抜きにして、趣味で作っている物があるなら聞いてみたい。

そう思って尋ねるアルに、ソフィアが僅かに苦い表情を見せる。

「最近は、あまり自由に研究できないのよね。面倒なことを頼まれてしまって。……そうだわ！　ぜひ、貴方の意見を――」

アルは無言で耳を手のひらで覆った。あまりに失礼な態度かもしれないが、正直面倒事に関わりたくない。

ソフィアがすぐに興奮を鎮めて苦笑する。軽く手を振って、その話題は止めたようなので耳を覆う手を外した。

「もう、そんなに嫌がらなくてもいいじゃない……」

拗ねて紅茶を飲むソフィアの後ろで、ヒツジが苦笑している。

恐らく、アルが拒まずとも彼がソフィアを止めていただろう。彼女がしていることは、部外者に軽々しく話してはいけないはずだ。

「――ソフィア様、準備が整ったようです」

不意にメイリンが呟いた。途端にアルたちの周囲に魔力が巡る。

状況の変化を感じて反射的に警戒の体勢になるアルとは対照的に、口に入れた物を飲み込んだブランがのんびりと首を傾げた。

『結界か？』

「……防音に近いかな」

ブランの様子を見るに、危険はなさそうなので、アルも少し落ち着いて椅子に座りなおした。

「驚かせてごめんなさいね。最近、どうにも周囲をうろついている者がいるようだから、念のための対処なの。音と見た目を誤魔化しているから、ここにいる者以外に会話も状況も伝わらないわ」

「あらかじめご説明いただければ助かりました……」

控えめに抗議すると、ソフィアが苦笑した。

「これは貴方にも関わりがあってしたことなのよ？　――例えば、グリンデル国からの不法入国者のこと、とか」

「……なるほど」

どうやら、アルをこの場に呼び出した本題にようやく言及するつもりらしい。

柔らかい笑みを浮かべるソフィアとその後ろで微笑を浮かべたまま佇むヒツジを、アルは僅かに眇めた目で眺めた。

なお、少し緊迫感を漂わせるアルたちとは対照的に、ブランは再び菓子に溺れていたのでその頭を叩いておく。やはり、メイリンを早めに咎めておくべきだった。

ソフィアが紅茶のカップを傾けつつ話し出す。

「最近街の警邏《けいら》兵から報告があったの。何者かが、街中で攻撃魔法を使った、と」

「……なるほど」

それはアルを狙った攻撃のことだろう。あの時はカルロスに連れられてその場から転移したので、その後の騎士らについては何も把握していなかった。

「もちろん見つけ出して捕らえたわ」

「え……捕まえられたんですか？」

ソフィアの意外な言葉に驚くアルに、勝気な笑みが向けられた。

「街中には、私の魔道具が至る所に設置されているの。それは治安維持にも役立っているのよ」

「アル様もお気をつけください。周りに人の気配がないように思えても、見られていないとは限りません。――街中で突然消えて、現れるというのも、バレてしまいますよ」

アルはヒツジの意味深な言葉に沈黙した。どうやら、街中で姿を隠して移動していることを知られていたようである。

先ほどのソフィアがした質問——最近開発した魔道具は何か、というもの——は、もしかしたら姿を隠す手段を探っていたのかもしれない。

『ふむ。油断したか。……まあ、法に反しているわけでもなし、問題ないな』

ブランが汚れた口周りを舐めながら呟く。

確かに、姿を隠して移動しても法的に問題はないのだが、それがバレているとなると少し気まずい。

「ここからは私の独り言だと思って聞いてちょうだいね」

「独り言？」

思いがけない前置きに首を傾げるアルをよそに、ソフィアが焼き菓子に手を伸ばす。「あら、美味しい。ブランが気に入るのも納得だわ」「恐縮でございます」と呑気に会話するソフィアとメイリンを見て、アルは体の力が抜けた。

どんなことを言われるものかと思っていたが、少なくともアルを咎める展開にはならない雰囲気だ。

「街中で攻撃魔法を使った罪で捕らえた者たち、なんとグリンデル国から身分を偽って入国していた騎士と魔法兵だったの」

「あれは大変な驚きでしたね。遠路遥々、この国までやって来るなんて」

ソフィアの呟きにヒツジが答える。どうやら、独り言という体裁を保つために、アルの反応は求めないという姿勢を示しているようだ。

「捕らえたからには事情を聞かなくちゃいけないのだけれど、彼ら、たった一人の人間を追ってここまで来たと話すものだから、さらに驚きよね」

「騎士の使い方を些か誤っているように思えますね」

静かに会話を聞いていたアルだが、思わず苦笑が浮かんでしまった。この分だと、アルの元の身分もソフィアたちに知られているのだろう。どうすべきか考えながら紅茶を飲む。

「彼らが言うには、既にその目的の人物とは接触して、国に報告を送ったらしいの。その後、彼らに届いた手紙にはなんて書かれていたと思う？　——即時、増援を送る、よ。不法入国者をこれ以上増やさないでもらいたいわ」

僅かな憤懣《ふんまん》をのぞかせ、ソフィアが頬にかかる髪を払った。すかさずメイリンが整え始める。

不法入国者を招いている原因はアルなので、一言謝るべきかと悩んだが、ソフィアたちがそれを求めている様子はない。今は沈黙を選んでおいた。

『あいつらが、捕まったなら良かったが、また厄介者が来るのか……』

ブランが嫌そうに顔を顰める。

「これ以上、グリンデル国にこの国を探られるのは困るのよねぇ。彼ら、どうも悪魔族と手を結んでいるようだから」

「悪魔族？」

思わず聞き返してしまった。ソフィアは一瞬アルを見て眉を上げたが、聞こえなかったことにしたようだ。まだ、独り言という体裁は必要らしい。

帝国の皇子であるカルロスが語っていた悪魔族。彼は存在が不確かなモノと判断していたが、ソフィアの口調はその存在を確信しているようだった。皇子には告げられていない真実を属国の人間が知っているということだろうか。

「悪魔族なんて言葉が世に再び出回るのも困るんですがね」

「ヒツジもメイリンも嫌よね」

不快そうに顔を顰めたヒツジに、ソフィアが同情の籠った言葉を返す。アルは彼らの会話の意図が読めなくて首を傾げた。

「だって、悪魔族なんて、魔族から分かたれた一派に付けられた名前なのに、魔族全体への風評被害になっているんだものねぇ」

「せっかく、私どもも人としての権利を得られるようになったのに、再び悪者扱いされるのは迷惑極まりないことです」

アルは息を呑んでヒツジを凝視した。ブランもピタリと動きを止めて、再び菓子を追加しだしたメイリンを見つめている。

ヒツジは、自分とメイリンが魔族であると言っているようだった。

「とはいえ、私もメイリンも遠い昔の祖先が魔族だったというだけで、ほとんど人間と変わらないはずですが……それでも差別する者がいるのが残念です」

「悪魔族への嫌悪感が、帝国の人間は強すぎるのよね。悪魔族と善良な魔族を同一視しているところはいただけないわ。――かつて、多くの魔族は悪魔族と考えが合わずにこの国に逃げて来た。今でも、悪魔族は逃げた魔族を追っているようだから、ヒツジやメイリンたちのことが悪魔族に知られるのは、本当に困るのよねぇ」

台詞のようにソフィアが説明してくれた。

その手元をよく見ると、何やら小さな紙がある。ソフィアの目がそれに書かれた文字を追っているので、台詞のようだと感じたことは正解だったようだ。

『……いつまで、おかしな会話を続けるのだ。ここは防音されているのだろう？　わざわざこうしてアルをのけ者にして話すことに何の意味があるのだ？』

ブランの疑問は尤もだが、ソフィアたちにも考慮すべき立場があるのだろう。たとえ自分たち以外に聞いている者がいないとしても、アルにこのように語って聞かせることは、本来彼女たちに許されていないはずだ。

「そうだわ、ヒツジは覚えているかしら。あなたが子供の頃に私に教えてくれた昔話」

「ええ、覚えておりますよ」

ヒツジが頷いて語りだす。それは魔族の歴史だった。

昔々、悪魔族は世界を破滅へと導こうとしていた。それに納得できなかった善良な魔族は、彼らと別れて新天地を目指す。辿り着いたのは北の大地だった。

多くの魔族はそこよりさらに北を目指した。原住民と馴染めなかったからだ。だが、一部の魔族は原住民と交わり血を残した。

それ故、この地には魔族の血を継ぐ者がいる。だが、純血の魔族は既にいない。一度はこの地での定住を望んだ魔族も、愛する人間との寿命の違いを悲しみ、結局仲間を追って北に消えたからだ。

魔族たちが向かったのは、今では深い森に覆われた場所。魔の森の最奥とも言える場所だった。

「そこに辿り着くには資格がいるのよね」

「ええ。その資格をどうやって得るのか分かりませんが、魔族の子として生まれた先祖の中には、そこに向かおうとした者もいたようです。一人も辿り着けなかったようですが」

アルはその会話を聞きながら、静かに驚いていた。まさか、こんなところで聞かされる話が、精霊であるフォリオに聞かされたことと繋がるとは予想していなかった。

『つまり、あの精霊が言っていた異次元回廊の先に、魔族が暮らす場所があるということか？』

「……そういう風に思えるよね」

しかし、何故こんな話をアルたちは聞かされているのだろう。元々はグリンデル国から来る厄介者の話だった筈なのに。

ソフィアたちがグリンデル国――厳密にいえばその近くにいるだろう悪魔族――からの干渉を厭っているのは分かったが、アルたちにそんな裏話を語る意図が読めなかった。

「どうやらその資格についてリアム様はご存じらしいの」

「なんと、リアム様が？」

「聞かせてもらったこと、ヒツジにだけは教えてあげるわ」

潜められたソフィアの声に合わせるように、ヒツジも小声で反応する。アルたちにはバッチリ聞こえるような音量を保っているのだから、これはただの演出だろう。

ソフィアの顔が楽しげに綻んでいた。それに向き合うヒツジの顔は些か呆れ気味である。

「……偉い人たちって、演劇染みた振る舞いを好むのかな」

アルは帝国の皇子カルロスを思い出して、ぽつりと呟いた。あまりに放っておかれているので観劇している気分である。

冷めた紅茶を取り換えてくれたメイリンが小声でアルに言う。

「もう暫くお付き合いお願いいたします。今日まで、ソフィア様は何度も台詞を練習してきたのです」

脱力した。練習していたなら、紙を見ながら台詞を言うのはやめて欲しかった。

「魔族たちの行先《いきさき》に向かうには、精霊が管理する試練をクリアしないといけないらしいわ」

「なんと、精霊ですか。おとぎ話のような存在が、この北の魔の森にいると？」

ヒツジの面倒くささが滲んだ台詞に、ソフィアが僅かに拗ねた表情になる。

アルは、ヒツジの思いの方に共感していたので、秘かに苦笑した。

「ええ。リアム様はお会いになったことがあるそうよ。なんでも、精霊が課す試練とは、不可思議な空間を通り抜けることらしいの。しかも、そこには古代魔法大国時代の失われた魔法技術が残されているのですって」

「残されている時点で失われていない――」

「ヒツジ？」

ヒツジがソフィアの言葉の揚げ足を取ると、即座に咎められていた。どうやら台本にはない台詞だったらしい。

それにしても、古代魔法大国時代の失われた魔法技術とは非常に興味深い。以前ソフィアと話したときに、いかにその時代の魔法技術が優れていたか、と魔法陣の美しさを中心に盛り上がったことがあった。

アルも知識としていくらかはその時代の魔法技術について学んでいるが、今の時代まで残されている文献や遺跡が少なく、謎に包まれている部分が多いのだ。

ただ、一つ疑問に思うことがある。

異次元回廊は、その入り口を管理するフォリオでさえ、その内部がどういうものか知らなかったはずだ。リアムが何故これほどまでに詳細にソフィアに語ることができたのか分からない。

今までの話の全てがリアムによる創作である可能性もあるのだ。

「――魔法技術だけじゃなくて、見たことも聞いたこともないような美味しい物も溢れているそうよ」

『旨い物だと!?』

気を取り直して続けたソフィアの言葉に、ブランが見事に反応した。

目を輝かせて、勢いよく尻尾を振っている。いつものことだが、ブランの価値観は美味しい物に重きを置きすぎだ。

半眼で見つめるアルに気づいた途端、気まずげに顔を逸らして下手な鼻歌を奏でるくらいには、食べ物につられやすい自覚があるらしい。

「見たことも聞いたこともない美味しい物ですか。そういえば、祖先からの話にもありましたね。魔族は豊かな食文化を持ち、舌の肥えた者が多かったのだ、と」

「この国の料理も、元々は魔族から伝わった物が多いものね」

この国の料理は、魔族から伝わった物が多い。アルはその言葉を反芻して、思考に沈んだ。

アカツキにこの国特有の料理を振る舞った時、彼はそれを【チュウカ料理】と呼んだ。明らかに、その料理を知っている様子だった。

その後、街で食べる物を探した時も、屋台などで提供されている料理に戸惑う様子もなく、食べる前からどういう料理か知っているようだった。

そこから、アルはアカツキが実はドラグーン大公国出身者なのではと考えたこともあったのだが、アカツキが執心していたミソスープなどの料理はこの国にはなく、どこか違和感が拭えなかったのだ。

本人が言う【異なる世界】出身というよりも、この考えの方がアルは納得しやすいのだが、その可能性は低かった。

そして、フォリオを通じて知った、魔族から教えられたというソース、マヨネーズ。それをアカツキはアルが詳しく話す前から知っていた。

「つまり、アカツキさんは――」

料理の知識、それだけでアカツキの正体の核心に迫ったと考えるのは早計だろう。だが、一つの可能性として、十分考慮に値するはずだ。

自分が何者か知らずに、たった一人ダンジョンで過ごしてきたアカツキ。ダンジョンに閉じ込められる前は一体どこで、何をしていたのか。そして、何故ダンジョンに一人でいることになったのか。

アカツキのみならず、アルもそれは気になっていることだった。

「私も、一度その試練を受けてみたいわ……」

「絶対にやめてくださいね？　姫様がそんな場に赴かれるなんて、あってはならないことですから」

「でも、魔法の真髄を研究する者としては――」

「ひ・め・さ・ま？」

ソフィアはどうやら古代魔法大国の失われた魔法技術を学びに行きたいらしい。だが、その望みは当然のごとくヒツジに退けられていた。

「ソフィア様がお望みでしたら、私が行ってまいりましょうか？」

「メイリン、なんということを言うのです！　いかに空間魔法を操れる貴女《あなた》であろうと、帰って来られるかも分からない場所に、気軽に行こうとするなんて……！」

メイリンを即座に咎めたヒツジの言葉は台詞ではなく、本気だった。

アルはメイリンに驚きを込めた眼差しを送る。

ダンジョンという特殊な環境なくして、空間魔法を操れる者に会ったのは初めてだった。

「貴女の空間魔法、ギルドの訓練室を強化・拡張するのに使わせてもらったけれど、確か転移魔法は使えないんじゃなかったかしら？」

「はい。残念ながら私にはその素養が無く。ですが、ソフィア様の望みでしたら、何があっても帰ってくる自信はあります」

根拠のない断言には、さすがにソフィアも苦笑して首を横に振った。どうやら、付き従う者を危険に晒してまで望みを貫くつもりはないようだ。

それにしても、あのギルドの訓練室をダンジョンに似た空間に感じたのは間違いではなかったのだと知れて良かった。まさか、ダンジョンの能力なくして空間魔法をそのように使えるとは思っていなかったが、頑張ればアルにもできるのだろうか。

首を傾げつつ真剣に検討するアルを見て、ブランがため息をついていた。

「ヒツジは空間魔法を使えなかったのよね？」

「……はい。既に魔族の血は薄まっておりますから、魔族が得意とした空間魔法ですが、私は使えないようです」

「え……？」

ヒツジの言葉にアルは目を見開いて、思わず疑問の声を上げてしまった。ちらりとソフィアから視線が向けられる。

空間魔法の一種である転移魔法は、アルが得意としている魔法である。それを使える者が少ないことは広く知られていたが、魔族が空間魔法を得意としていたという情報は初めて聞いた。

魔族自体が一般的に知られた存在ではないとはいえ驚きだ。

「――まあ、とにかく、私は心の底から試練を受けに行きたいと思っているのだけど、どうにも行けそうになくて残念なの。アルさんはどう思われる？」

久しぶりにソフィアから言葉を向けられた。どうやら、独り言という体裁は終了したらしい。

「……結局、ソフィア様は何故そのような話を僕にしたのですか？　僕に試練を受けに行ってほしいと依頼するためなのでしょうか？」

「あら、私のはただの独り言よ」

おっとりと微笑んだソフィアが言葉を続ける。

「――ただ、貴方が今この国に居続けると、際限なくグリンデル国の追手、ひいては悪魔族の手先がこの国にやって来ることになるから……ちょっとお出かけしてみない？　という提案よ」

「なるほど。……ご迷惑をお掛けしてすみません。ですが、グリンデル国が僕を追っていることは分かっていたのですが、何故その糸を引いているのが悪魔族だと？　僕は悪魔族とは何の関係もないはずですが」

ソフィアの言い様では、アルを国に連れ帰るのを指示しているのが悪魔族だと言っているように聞こえた。

アルの問いに僅かに考え込んだソフィアがヒツジに手を伸ばす。それを無言で見つめたヒツジがため息をつきながら何かを取り出した。

「これは、悪魔族がよく使う魔道具よ。魔道具と言いたくないくらい悍ましい物だけれど」

ソフィアを経由して渡されたのは、独特な形に削られた魔石だった。それに刻まれた魔法陣を、アルは以前目にしたことがある。

「――使役の魔法陣……」

「あら、ご覧になったことがあったの？」

目を見開いて驚くソフィアや僅かに警戒を示したヒツジとメイリンに、アルはその魔道具を見た状況を説明することになった。といっても、説明できるのは、グリンデル国内で、同じような魔道具によって使役された状態の黒猛牛に、襲われたことがあるというくらいだが。

アルの報告を聞いたソフィアが不思議そうに首を傾げる。ヒツジもメイリンも同様に何かを疑問に思っているようだ。

「――グリンデル国内で魔物に、ね……。それは、十中八九悪魔族によるものだとは思うけれど、意図が読めないわね。もしかして、グリンデル国内において、悪魔族に反発する者がいるのかしら」

「わざわざ支配している国内を混乱させる理由が他にありませんしね」

ソフィアとヒツジが言っていることの意味が分からない。

アルの表情で疑問を抱いていることに気づいたのか、ソフィアが苦笑して説明を始めた。

「そもそも、この使役の魔道具は、人に対して使われているの。悪魔族が国を支配するための常とう手段ね」

「王族などに使って、上層部から国を操っているということですね」

「ええ。だけど、それを魔物に使って、しかも近くの集落を襲うように指示しているというなら……それは、誰かに対する脅迫と受け取れるわね」

「脅迫？」

ソフィアの言葉が上手く呑み込めない。

「悪魔族に従わなければ、国民の命が危険に晒される。――国を大事に思う相手には効果的な脅迫の手段よね」

自身が国を大事に思う者だからか、ソフィアの表情が苦く歪められる。

「そういえば、あの国の王女は、他の王族とは少し様子が異なるようでしたね。捕まえた騎士たちが言うには、王や王妃は人が変わったような振る舞いだが、王女は一貫して変わらない、と」

王女、か。

「もしかしたら、使役の魔法が効かなかったのかもしれないわね」

アルはその言葉を反芻して苦笑した。幼い時から知っている人物だったが、親しみは欠片も無く、今考えても分かり合えない感覚の持ち主だった。

「そもそも、悪魔族は何を目的に国を支配しているのですか？」

「ああ、その話をしようとしていたんだったわ」

アルが話を本題に戻すと、ソフィアが肩をすくめて笑った。

「悪魔族の目的はただ一つ。――この世界の破壊よ。彼らは、魔力の存在を許せないの」

ソフィアの言葉は、重い響きを伴ってアルに届いた。

ソフィアとの話の後、試練に赴くかという問いに答えぬまま家に帰ってきた。どうやらそこまで急いでアルにこの国を立ち去ってほしいわけではないようだった。

「――ほぅ……難しいお話をしてきたんですね？」

食べていたチョコレートクッキーを飲み込んだアカツキが、疲れたように呟いた。ついで、ホットチョコレート――チョコレートをホットミルクで溶いたもの――をがぶ飲みしている。

「俺の理解を超えている……」とぼやきながら、アルも頭を酷使した疲労感から甘味を求めていて、ブランが独占しようとしている皿からナッツチョコレートを奪い取った。

『我のチョコレート！』

「ブランだけに用意した物じゃないからね？　というか、アカツキさんにもあげなさい」

「わぁーい！　それ食べたかったんですー！」

離れていく皿を名残惜しげに見つめるブランと大歓迎でチョコレートを口に入れるアカツキを見ながら、アルはソフィアとの話を振り返る。

悪魔族の目的は世界の破壊。それは魔力を憎んでいるからだという。

彼ら自身が魔法を使っているらしいのに何を言っているのかと思わないでもないが、悪魔族は世界が魔力で成り立っていることに嫌悪感を抱いているらしいのだ。

それがどうして国の支配に繋がるかと言うと、精霊の存在が理由のようだ。

悪魔族が世界から魔力を無くす活動をすると、それは必ず精霊が阻止する。そうして世界は長い年月の間守られてきた。

だが、どうやら精霊は人間に直接害を及ぼせないという掟に縛られているらしい。その掟を逆手に取った悪魔族は、世界の破壊活動を人間を隠《かく》れ蓑《みの》にして行うようになった。

それが、悪魔族が王族を使役して国を支配するようになった理由だ。

「こう考えてみると、マギ国が開発したという魔砲弾兵器って、悪魔族の破壊活動の一環だったんだって、納得できるかも」

発動することで、一帯の魔力を消失させる魔道具。

アルはそれの発動のために奪われる人の命を重視して考えていたが、悪魔族からしたら、この世界の一部であっても魔力がない環境を生み出すということの方を重視していたのかもしれない。

「でも、悪魔族の考えって矛盾に満ちているなぁ。結局、何をどうしたいのか分からないや」

魔力のない世界にするための手段が、魔力を使った魔道具。その矛盾に、悪魔族は気づかないのだろうか。

魔力がなければ全ての物は存在しえない。悪魔族もその法則からは逃げられないはずだ。悪魔族の行いは、遠回しに自殺しようとしている風に感じられた。

「しかも、魔力をたくさん持つ僕の存在自体が、悪魔族にとっては嫌悪するモノ？　自分たちを棚に上げて、よくそんなこと言えるよなぁ」

ソフィアから伝えられた内容を思い出し、考えるほどに憤懣が募ってくる。

アルが悪魔族に一体何をしたというのか。生まれ持って魔力が多かっただけで、なぜ命を狙われなければならないのか。

悪魔族自身も高い魔力を持つ存在らしいのに、矛盾に満ちた考え方をするものだと、ため息しかでない。

「アルさん、お疲れですねぇ」

『うむ、甘い物を食え』

アカツキがせっせと小皿に取り分けたチョコレートやクッキーを、ブランが鼻先で押してアルに勧めてくる。美味しい物を独占したがるブランが気を遣うくらい、アルは疲れた顔をしているようだ。

「……ありがと」

苦笑してクッキーを摘まんだ。そして、食べながら思考を切り替える。

いつまでも、ここにいない存在のことで頭を悩ますのは非生産的だ。それよりも、アルは考えるべきことがあるだろう。

「――異次元回廊、か」

『なんだ、行くのか？』

アルの呟きに、ブランが期待を込めた眼差しで答える。

フォリオに話を聞いた時は行くことに消極的だったはずなのに、凄い手の平返しだ。どうせ、ソフィアに聞いた美味しい物という言葉に惹《ひ》かれているのだろうけど。

「気にはなるよね。だって、古代魔法大国の失われた魔法技術だよ？」

『そこについては、我は魅力が分からんが、アルが興味を持つことを、あの娘はよく理解しているものだと感心してはいる』

呆れの色の濃い眼差しを送られた。ブランに同意してもらえないことは分かっていたから、アルは軽く肩をすくめる。

「――その先には、魔族がいるんですよね」

アカツキが躊躇いがちに呟いたので、アルはそっとその様子を見守った。

魔族がドラグーン大公国に齎した食文化についてアカツキにも教えた。ただ黙ってそれを聞いていたアカツキが何を考えていたかは分からない。だが、どこかショックを受けたように固まっていたのには気づいていた。

「もしかしたら、魔族は……」

アカツキの言葉が途切れる。

魔族という存在をどう考えるか非常に難しい。創世に関わるくらい昔から存在しているらしいことは分かっているが、物語などで語られていることの多くは悪魔族の非道である。

ヒツジから、魔族から分かれた一派が悪魔族だということは教えられたし、魔族は善良な者が多かったとも聞いたが、どうしても印象は悪魔族の方が強いのだ。

アルはアカツキがどう感じているのか知りたかった。

「――俺、魔族に会ってみたいです」

真っ直ぐな眼差しがアルに向けられた。苦みもある口調から、アカツキがその言葉に込めた決意が強く伝わってきた。

「アカツキさんと、本当に関係している存在かは分かりませんよ？」

「それでも、いいんです。俺と直接関係はなくても、魔族はどこかで俺がいた世界と関わりを持っていた気がするから。――俺は、俺の世界について知りたい」

アルはその決意を受け止めて、頷いた。

元々、アルは異次元回廊とその先について興味を抱いていたのだ。ついでにアカツキの望みに付き合っても、何の問題もない。

視界の端にブランが尻尾を揺らすのが映る。どこか楽しげに口元が歪められていて、アカツキの決意はブランにもしっかりと伝わり好意的に受け止められているのだと分かった。

『未知の試練を与える場に赴くには、お前はどう考えても足手まといだな』

「ブラン！」

わざとらしく蔑むように言うブランを即座に咎める。アカツキには聞こえていないとはいえ――。

「俺はもう足手まといじゃありません！　ここ最近、ずっと特訓していたんですから！」

アカツキが胸を張って宣言する。どうやら、ブランはわざわざアカツキに自分の思念を届けたようだ。

「特訓、ですか」

そして、ここ最近アカツキがダンジョンに戻ってしていたことが、アルの足手まといにならないための特訓らしいと知れて安心した。領域支配装置の二の舞はなかったのだ。

急にテンションを上げたアカツキが黒いマントを羽織り、高々と細い棒を掲げた。

「これであなたも一人前の魔法使い！　魔法の杖《つえ》！」

虚空から何かを取り出しているのは見ていたが、何故アルに棒を勧める話し方なのか分からない。

ブランも首を傾げて口をポカンと開けている。アカツキについていけていないのはアルだけではなかったようだ。

「魔法の杖……？」

それは、あれだろうか。魔法が苦手な子どもが使うおもちゃ。時々空想の物語でも出てくる不思議な棒。アルの知識の中で思い当たるのはそれしかない。

「あらかじめ設定された魔法なら、キーワード一つで発動できるんですよ！　杖の振り方にコツがいるんで、訓練が必要なんですけどね！」

アルたちの様子に頓着せず、アカツキが嬉々とした様子で語る。どうやら、アルが知る魔法の杖とは違うようだとは分かったが、何故そんな小道具を使って魔法を発動するのか、利点を聞いてもいまいち理解できない。

「それは、アカツキさんが独自で作った魔道具なんですか？」

「魔道具って言っていいのか分かんないっす……。俺、魔力の使い方とか分からないんで、ダンジョン能力で宝箱に入れる用の武器を検索したら、これが出てきたんです。これを見た瞬間の、湧き立つ思い……マント羽織《はお》って杖振るの、心が躍りますよね」

アカツキが杖を矯めつ眇めつ眺めながら、感慨深げに呟く。どうやらこれもダンジョンの特殊な能力の産物らしいと、アルは理解を諦めた。

だって、どう見てもただの木の枝にしか見えないのだ。どこかに魔法陣が刻まれているわけでもなく、魔石が埋め込まれているわけでもない。

「どんなことができるのか見せてもらっても？」

原理を理解できないとは言え、その物自体に興味が湧かないわけではない。アカツキが後ろ足で立った時の背丈ほどの長さの棒をどう扱うのか気になってもいた。明らかに長すぎだと思うのだが。

「もちろんです！」

魔法を使うなら外で実演してもらうべきかと立ち上がろうとしたアルを、アカツキが押し留めた。どうやら、それほど大規模な魔法を使うつもりはないらしい。

「じゃあ、お試しで、まずこれを」

アカツキが虚空から取り出したのは、アルの拳ほどの大きさの石だ。それをテーブルの上に載せ、少し距離をとる。

『……こいつ、何をするつもりだ？』

「なんだろうねぇ」

ブランと顔を見合わせて首を傾げる。とりあえず今は見守るしかないのだが、実演の前に何をするのか説明を求めるべきだっただろうか。

「いきます。——浮遊《レビテーション》！」

キリッと真剣な顔つきで石を見据えたアカツキが、魔法の杖を小脇に抱え槍《やり》のように持ったかと思うと、杖の先を複雑に動かした。あまりに細かい動きだったが、その先から零れ落ちる魔力の流れに、アルは目を細める。魔法陣に似た雰囲気で魔力が流れているように感じられた。

「ほら！　いけてるでしょう!?」

魔法の杖の先にばかり注意を向けていたアルは、アカツキの誇らしげな声を受けて視線を移す。テーブルの上に、石が浮いていた。

「……うん。まあ、そうですね」

なんと言えばいいのか分からない。石は確かに浮いている。だが、それが一体何になるのか、と思わずアカツキを問い詰めたくなるのも仕方ないと思う。

『石を浮かせてどうすると言うんだ』

ブランが呆れかえった口調で呟いた。アルの内心を読んだような言葉だった。

「うぐっ……こ、これを、こうすると――」

アルは、『おや？』と思う。さっきアカツキにブランが直接声を掛けたときも驚いたのだが、どうやらブランはこれからちゃんとアカツキと話をすることに決めたらしい。

二人の間で意思疎通が図れていないのは時々不便だったから、その変化は大いに助かる。アカツキが自力で戦いの術《すべ》を身に着けようとしていることを評価して態度を変えたのだろうか。

そんなことを考えて微笑んでいたアルの前で、石がノロノロと空中を移動した。どうやら杖の動きに合わせて動いているらしい。

ブランが大きなため息をついた。アルも苦笑してアカツキを見守る。

「……浮遊はここまでにしましょう」

石がテーブルにゆっくりと落とされたのを合図に、アカツキがアルたちから視線を逸らしつつ、空中に手を突っ込んだ。どうやら、違う魔法もあるらしい。

「その黒のマントは何か意味があるんですか？」

準備を待つ間に紅茶でも飲もうかと、冷めた物を捨て淹れ直しながら聞く。わざわざ羽織ったので、姿隠しの布のような効果がある物だろうかと予想していたのだが、アカツキからは暫く沈黙が返ってきた。

「……なんとなく？」

「は？」

『意味が分からん。寒さ対策でも何か攻撃を防ぐためでもないのか？』

ブランが愕然としたように口を開ける。その口を閉じてやりながら、アルはアカツキをフォローする言葉を考えて……諦めた。

「魔法の杖を使うなら、黒のマントが必要だと思って縫ったんですよ～。めっちゃ時間かかりました！　あ、空間魔法の魔力が籠められた布を使ったので、もしかしたら防御力はあるかも……？」

作り手のくせに疑問形なのはどうなのかと思うが、アルが鑑定眼で確認した結果でも、高い魔法防御力があることが分かったので頷く。ただし、鑑定眼が『非常にド下手な作りです。端からほつれていく可能性が高いので、定期的なメンテナンスを推奨します』と教えてくれたのは、伝えるべきか否か。

「マントはこの際おいといて、魔法ですよ、魔法！」

そう言ったアカツキが今度は何やら魔石を取り出す。それをテーブルに置き、再び少し距離をとった。先ほどと違う動きで魔法の杖を動かしながら、キーワードを言い放つ。

「――魔物創生《クリエイト》！」

魔法の杖から放たれた魔力が魔石に当たる。一瞬のうちに、スライムが生まれていた。テーブルの上でプルプルと震えている。

「ほらほら、イイ感じでしょ!?　魔石があれば、ダンジョン内じゃなくても魔物を創り出せるんですよ！」

「……確かに、飛竜とかを出せるのなら、強力ですね」

『ほう。確かに使えるな。つまり、アカツキの代わりに戦う魔物を生み出せるということだろう？』

思わずアルもブランも感嘆した。ダンジョンが元々魔物を生み出す能力を持っていたからこそできることなのだろうが、魔石から魔物を生まれさせるなんて、考えてもみなかったことだ。

「これ、仕舞うこともできるんですか？」

怯《おび》えているようにも見えるスライムにチョコレートを差し出しながら聞く。スライムは躊躇いがちに取り込んだかと思うと、丸まったり角ばったりと不思議な形態変化をした後、アルの手にすり寄ってきた。溶かしてくる気配はない。どうやら懐かれたようだ。スライムは餌付けに弱いというのが普通なのだろうか。

「待って、俺の魔物、めっちゃ餌付けされてるじゃん。俺がマスターなのに……」

何故か項垂れるアカツキをつつく。質問に答えて欲しい。

「……仕舞うことでしたっけ？　一度魔石にすればできますよ。レベル、アルさん的に言うと強さはそのまま魔石に記録されますし。人格というか、魔物の個性が保持されるかは分かりませんけど」

アルは無言でスライムを見下ろした。一度死ななくては出入りできないなんて、魔物とは言え少し可哀想に思える。

「こいつは俺の移動手段として連れ歩きますかね？」

アルの思いを察したのか、杖の先でスライムを叩いていたアカツキが提案してきた。スライムが触手を伸ばしてアカツキを襲おうとしているように見えるのだが、ちゃんと制御できているのだろうか。

「……じゃあ、そうしましょうか。スライムがどれだけ速く動けるかは疑問なんですが、僕の肩にいられても困りますしね。二人とも乗ってきたら肩こりになりそう」

『うむ。アルの肩は我のものだからな』

「は？」

『む？』

アルは無言でブランと見つめ合う。その間、アカツキはスライムに呑み込まれた魔法の杖を必死に取り返そうとしていたようだが、死にはしないだろうからアルは気にしなかった。

それよりもブランが問題だ。以前もこのやりとりをした気がしなくもないが。

「いつから、僕の肩はブランのものになったの」

『初めからだぞ？』

「……あまりにも堂々としすぎじゃない？」

『我が自分の権利を主張するのに臆する必要はなかろう』

ブランとの間に認識の違いがあることを確認した。どう考えてもアルの肩はアル自身のものなのに。納得できないのはアルが悪いのだろうか。

「ふにゃー！　俺の杖！」

アカツキの叫びが部屋に響いた。

五十三．特訓の後の――

窓の外には燦々《さんさん》と日が差していた。今日は随分と暑くなりそうだ。アカツキに結界内の温度を調整してもらっていて良かった。

何はともあれ朝である。昨日は頭が疲れるような情報が盛りだくさんだったから、今日は完全休養日にしたい。フォリオに異次元回廊へ行くことを告げるのは後日でも大丈夫だろう。

――ドタドタドタ！

「アルさーん、ブランが俺のこと蹴とばすんですけどー！」

『お前の起こし方が悪いんだ』

「俺、優しく揺すっただけですよー!?」

朝から騒がしい。アカツキにブランを起こしてくるよう頼んだのだが、寝起きの悪いブランに一撃くらったようだ。

大してダメージはないようだから、ブランも手加減しているのだろうけど。喧嘩するほど仲が良い、という言葉を二人に当てはめてもいいものか。アカツキはブランのことを名前で呼ぶようになっていて、それをブランも許しているみたいだし。

「アカツキさん、ありがとうございました。朝ご飯は何にします？」

「和定食！」

「ワテイショク？」

知らない言葉が返ってきた。まじまじとアカツキを見返すと、嬉々とした様子で虚空から何かを取り出す。

「魚！　朝は焼き魚ですよ！　それと味噌汁《みそしる》、卵焼き……いや、納豆ないし、卵かけご飯にしようかな。後は、副菜にほうれん草のお浸しとかどうです？　あ、ベーコンと炒めてもいいかも。バターソテー！　あ、これ和食じゃない……？　美味しいから無問題！」

さらに知らない言葉が出てきた。……が、なんとなくアカツキが要望するメニューが分かったので準備に取り掛かる。朝から魚を捌くことになるとは思わなかったけど。

『今日は魚か。うむ。魚も旨い。良し』

「確かに魚は美味だが、朝からなかなか血生臭いな」

『……なんで、お前、シレッといるんだ』

何故かリアムがいた。いや、いるのは知っていたのだが、今日は完全休養日と決めていたので、面倒くさそうな話を持ってきていそうな存在をスルーしていたのだ。

寝起きでカーテンを開けた瞬間に、無表情で佇むリアムの姿が目の前にあったアルの驚きをどうか察してほしい。一瞬霊が現れたのかと思った。その後とりあえず家の中に招いてハーブティーを出しておいたのだが、一体何の用で来たのだろうか。

「……まあ、とりあえず朝ご飯」

コメをねだられることは分かっていたからもう炊いてある。魚は捌き終えたし、塩を振って焼けばいいか。ホウレンソウはベーコンとトウモロコシとバターで炒めよう。ミソスープの具はイモとオニオン。卵は新鮮な状態でアイテムバッグに入れていたし、これでいいだろう。

「余も今日は手土産を持ってきたのだ」

「手土産？」

一通りの支度を終えて、魚が焼けるのを待つばかりとなったところでリアムの近くへと行くと、懐から取り出した物を渡された。

「うむ。受け取れ」

「これは……なんですか？」

小さな袋。促されて開けてみると、白い粒がたくさん入っていた。一粒が小指の先ほどの大きさだろうか。手のひらに出して観察するも、その正体が分からない。鑑定眼を使うと、【不思議な砂糖】と示された。それで砂糖の塊らしいとは分かったものの、不思議の意味が分からない。

「昔、魔族からもらったものだ。コンペイトウというらしい。本来転移魔法が使えない空間でも、これを食べている間は使えるようになるのだと言っていた。余は食べる機会がないから、そなたにやろう」

アルは無言でリアムを見つめた。リアムの足に尻尾を打ち付けて憂さ晴らしをしていたブランが肩に駆け上がって来る。

転移魔法が使えない空間。それは異次元回廊のことを指しているのだろうか。帰って来た者はいないとフォリオが語ったその場所に、転移魔法で簡単に出入りできるようになるならば、そこに赴く危険性は格段に低くなる。

「コンペイトウって……金平糖？」

アカツキには何やら思い当たる物があったようだ。また、魔族の文化との共通点が出てきた。

『ふんふん……。これは砂糖だな。だが、不思議な魔力が籠っている感じがする。昔もらったとか言っているが、食って腹を壊すことはないだろうな？』

「それはなさそうだけど、本当に不思議な魔力だね……」

魔力や魔法には普通より詳しいと自負していたが、籠められている魔力が異質すぎてそれがどういう効果を持つ物なのかいまいち読み取れない。だが、リアムがアルに害がある物を渡す理由もないだろうし、言っていることに偽りはないように思える。ありがたく受け取っておくことにした。

リアムを見つめると、ほのかな微笑みが返ってくる。

「わざわざソフィア様を介して情報を伝えてきたのに、どうしてこれは直接渡すことにしたんですか？」

ソフィアの話は、グリンデル国からアルに向けられる追手が、ドラグーン大公国にとっても不都合だから、暫く身を隠してほしいという内容だった。

それに魔族や異次元回廊に関する話が加わったのは、リアムの意向が関係していたはずだ。ソフィアの様子を見るに、自国の人間でもないアルへ、魔族の血を引く者がいることを語ったり、魔族の歴史について教えたりすることは、立場的に許されていないようだったから。

ソフィアに無理を通せる存在は、大公の他にはリアムしかアルは知らない。

「余は直接人間を動かすことはできぬ。掟破りの罰があるからな。前回、そこの狐に怒られたから、余も学んだのだ。元々アルが罰を食らう可能性は少なかろうが、対策を講じるべきだとな。それ故、あれを間においた」

そこの狐、と呼ばれたブランを見ると、不機嫌そうに顔を顰めていた。しきりに振られる尻尾が耳元でうるさい。

「あれは頭が良い。余の話が何に繋がるか明言せずとも察する。だが、優しい娘なのだ。余の話が誰かの危険に繋がるならば、余がどれほど暗に望もうと、口を閉ざしただろう。故に余はあれにこのコンペイトウについても教えておいた。美味なる菓子のようだから、アルにやるつもりだと。——あれは、アルの転移魔法に勘づいていたようだからな」

それは何となくアルも分かっていた。街の治安維持として魔道具が張り巡らされているのなら、門を通らずに街に出入りするアルに当然気づいていただろう。

ソフィアたちの芝居じみた流れは、情報を過不足なく伝え、それでいてアルのこの先の行動を強制しないよう、わざと茶化していたということなのかもしれない。

「それを余が直接渡す分には、特に問題はなかろう？　余はただ美味なる菓子を手土産に持ってきただけだ。それがたまたま特殊な効果を持つ物だったというだけでな」

『詭弁《きべん》だな』

ブランが呆れたように吐き捨てた。とはいえ、リアムがソフィアを介したことで掟を破る危険を避けたことは評価しているらしい。プイッと顔を背けただけで、それ以上の文句は言わなかった。

「ソフィア様が語っていたことは真実なんですよね？　リアム様はどうして異次元回廊の内部についてご存じなんですか？」

疑問に思っていたことを口にすると、リアムがゆっくりと瞬きをして首を傾げた。

「余は偽りを好まぬ。魔族がコンペイトウを持ってきたと言っただろう。つまりは、そういうことだ」

アルは目を細めた。

魔族が異次元回廊の先にいることは、ソフィアからの話で察していた。そして、リアムの言葉を合わせて考えると、魔族は空間魔法の中でも転移魔法を使って異次元回廊と外とを出入りしていることも分かる。魔族はドラゴンであるリアムと旧知の仲のようだ。魔族が内部のことを語って聞かせていてもなんらおかしくない。

フォリオがそれを知らなかったのは、精霊に任された務めが入り口の管理だからだろう。転移魔法で出入りすれば入り口は通らないし、それを精霊が察することはできない。

「アルさーん！　魚！　焦げる！」

「っ、今行きます！」

話に夢中になっていたせいで、魚を焼いていることを忘れていた。自主的に見ていてくれたらしいアカツキに礼を言いながら朝ご飯の仕上げに取り掛かる。

『お前、飯を作れないくせに、焦げそうになってるって判断はできるんだな』

「それくらい見てたら分かりますぅ！　ただ、俺がそれを取り出そうとするときには、何故か炭化しちゃってるだけですぅ！」

全く誇らしくないことを声高に叫んでいる気がする。アカツキの料理スキルのなさをどこかで確認したくなってきた。焦げそうと判断できているのに食材を炭化させるって、ある意味特殊なスキルがないとできないと思う。


既にグリンデル国の追手が捕まっているなら、久しぶりに街をぶらつこう。

朝ご飯を食べ終えて帰っていったリアムを見送り、アルは不意にそう思い立った。まだ追手の増援は来ていない雰囲気だったし、街を探索するには今を逃したら難しくなりそうだったから。

旨い物を求めて賛成したブランとアカツキを連れて森を歩く。アカツキが本当に戦えるのかという確認の意味もあった。

緊張気味のアカツキは小脇に二代目魔法の杖を抱え、スライムに乗っている。出発前に【スピードアップ】という魔法をスライムにかけていたようで、思っていたより速い。これなら、移動手段として十分だ。人目は避けないといけないけど。

「アカツキさん、魔物ですよ」

「はい……！　スライム、分裂からの突進で溶かして！」

非常に曖昧な指示だと思ったが、スライムはちゃんと分裂して森蛇《フォレストスネーク》に向かっていった。その分裂体に対してもアカツキが【スピードアップ】の魔法をかける。勢いを増した分裂体は森蛇《フォレストスネーク》に避ける隙も与えず、一気に呑み込んだ。

「……スライムって、速さがありさえすれば結構強いんだね」

『うむ……まあ、相手が森蛇《フォレストスネーク》だしな』

透明なスライムの中を森蛇《フォレストスネーク》が必死に泳ぎ抵抗するも、徐々に溶かされて小さくなっていく。見事な撃退だった。もしかしたら溶解スピードにも【スピードアップ】の魔法が効果を発揮しているのかもしれない。

「あ、次――」

アルが呟いてすぐにスライムが反応した。アカツキの指示を待たずにさらに分裂し、分裂体を突進させる。アカツキは慌てて魔法をかけていた。

森蛇《フォレストスネーク》を消化し終えた分裂体は満足げな様子で元のスライムに近づき吸収されていく。大きさは変わらないので恐らく魔力に分解して吸収しているのだと思う。

「せ、忙しない……」

スライムの実力に納得した後は、あまり立ち止まらずに進むことにしたのだが、次々現れる魔物にアカツキがぐったりしだした。スライムは意気揚々としているので、戦闘に対する意識の違いの表れだろう。

アルは苦笑して、近づく魔物を剣で一刀両断していく。さすがにアカツキとスライムに全ての戦闘を任せるつもりはなかった。

ブランもアカツキを尻尾でひと撫でした後、周囲一帯の魔物を一掃していった。どうも、後輩の頑張りをねぎらっている雰囲気だ。いつもより働き者な気がする。

周囲の魔物がいなくなれば、後は時々現れる魔物を倒しながら街まで駆けるだけだ。

「――す、スライム、速すぎるっ……！」

アルとブランに合わせるように移動速度を上げたスライムに、アカツキが必死にしがみつきながら悲鳴を上げる。スライムは『やれやれ、軟弱者め』と言いたげな雰囲気で、ギュッとアカツキの体を固定するという気遣いを見せた。

「え!? 何、俺まで溶かそうとしてる!?」

だが、どうやらスライムの気遣いはアカツキに伝わらなかったようだ。


街中ではアカツキとスライムはバッグの中だ。アカツキは見た目で合致する魔物がなく、スライムは絶滅種とされているため、従魔と偽ることは難しいから。

「ここはいつも美味しそうな匂いだね」

『うむ。我は肉を食いたい』

「そう言うと思った。今日の目的はただご飯を食べることじゃなくて、旅用の物資を集めることでもあるんだからね？」

『そうは言っても、転移で行き来できるのなら、アカツキのところで何でも揃《そろ》うだろう？』

不思議そうにするブランの顔が覗き込んでくるので、その頭を撫でた。

確かにアカツキのダンジョンでは肉や卵、野菜などが得られる。だが、この国独特の調味料などは買った方がいいだろう。ブランもアカツキもこの国の味付けを好んでいるようだったし、調味料はたくさんあった方が料理の幅が広がる。

そう説明されて納得したのか、ブランはそれ以上のことは言わなかった。

アルは通りを歩いて料理や調味料などの必要な物を買って、アイテムバッグに詰め込んでいく。

「おや、偶然じゃないか！」

「――カルロスさん……」

いずれ街中でばったり会うこともあるかもとは思っていたが、串焼きを大量に持ったカルロスが建物脇の路地にいて脱力した。薄暗いところで壁に寄りかかっている姿は皇子とは思えない。気さくに手を振られ、ここで通り過ぎるのも変だろうと近づく。

「暫く見なかったが息災か」

「ええ、一応」

「どうやら災難は一時去ったらしいな」

「……どうして、それを？」

どこにでも耳目のある街中なので、カルロスの言葉は抽象的だったが、その意味はすぐに察することができた。だが、彼が、グリンデル国騎士らが捕らえられたことを知っているのは少し不思議だ。

「なに、俺にもそれなりの情報網があるのさ。――例えば、アルフォンス殿が高貴な方とのお茶会を楽しんでいたことを伝えてくれる奴とか、な」

カルロスが串焼きを食べながら笑う。その言葉にアルは目を細めた。

思えば、ソフィアは自身が魔道具で守っている屋敷内なのに更なる防諜《ぼうちょう》対策を取っていた。それは、屋敷内に信用のおけない者がいるという証左だったのだろう。

以前にこの国の貴族の一部は帝国本土主義なのだと言っていた。ソフィアの周囲にその貴族らの手が伸びていても不思議ではない。

「どうやら俺の目的の方は俺に会いたくないようで、避けられているんだ。アルフォンス殿から頼んでくれないかい？」

器に入れられた大量の串焼きを差し出される。

手を伸ばそうとしたブランを即座に捕まえた。じろりと見ると、ブランが気まずそうに目を逸らす。

「僕はそのようなことを頼める立場ではありませんから」

カルロスの目的であるドラゴンとは今朝会ったばかりだが、それを教えるつもりはない。リアムに会ったところでカルロスの目的は達成できないと分かっているから猶更だ。

「そうか……残念だ」

何事かを考えているカルロス。その目は遠くを見つめていた。

「俺の求める答えは、結局得られなかったか……」

「どちらかに、行かれるのですか？」

気落ちした様子で口にするカルロスに問いかける。ドラゴンに会って悪魔族の真実を尋ねるということを諦めたように見えた。

「――兄らが死んだ」

静かな声だった。思わずアルは息を呑んだ。ブランもピクリと身動ぎする。

「戦はさらに激化する。仇討《あだう》ちをするのだと、余計に固執しているようだからな。おとぎ話の存在がどうのと、もう言っていられなくなった」

カルロスが寂しげな笑みを浮かべた。

「父は狂っているのだろうな。――俺は全てに蹴りをつけて、その後を継ぐつもりだ」

器ごと串焼きを渡される。見つめ返すと、カルロスは全ての感情を覆い隠すように快活な笑みを浮かべていた。

「この国の飯は美味いな！　だが、俺のところも美味いんだ。いつか平穏が訪れたら遊びに来てくれ。美味い物を食わせてやるぞ。俺と違って、自由に生きるアルフォンス殿の冒険の話を聞きたい。国の一番高いところで楽しみに待っているから」

国の一番高いところ。カルロスがこれからしようとしていることがなんとなく分かった。もう現実逃避をすることを止めたのだろう。そして、生まれながらに持っていた義務を全うするつもりなのだ。

アルがその決意に口を挟むことはない。それは彼が選んだ道であって、アルはそれに関わるつもりがないのだから。だが――。

「……いつか帝国の本土にも行きたいと思っています」

こう言うだけなら問題ないだろう。いつになるか分からない約束が誰かの心の支えになることもある。

「ああ、ありがとう。──アルフォンス殿は、このままあるがままに生きてくれよ」

カルロスが軽く手を振って離れていった。

『ふむ。この串焼き、なんでこんなにたくさん買っていたんだ？』

「……さぁね」

余韻も何もないブランに脱力しながら串焼きを仕舞おうとすると、手を掴まれた。期待に満ちた眼差しが見上げてくる。

「……ここで食べるの？」

『なぜ食べないと思った？』

「俺も食べたいなーなんて」

バッグから顔を出したアカツキにまで言われて周囲を見渡す。カルロスはひと目を避けた場所を選んでいたようなので、この路地にいてもあまり目立たなそうだ。丁度よく大きめの木箱も置いてある。

アルはため息をついて、アイテムバッグに仕舞っていた料理も含めて並べ始めた。

五十四．管理する者の務め

新たな旅のための準備を終え、アルたちは異次元回廊へ向かうために、魔の森の中を進んだ。木々の緑は更に深みを増し、春はそろそろ過ぎ去ろうとしていた。気温も上がり、ブランは些か気だるげだ。

暑さが苦手なブランのことを考えると、この時期に出発を決めたのはちょうどよいタイミングだったのかもしれない。

「そう言えば、異次元回廊に行くことをリアム様が推してきたのって、なんでなんだろうね」

『うむ。我もそれは気になっていた』

フォリオの家に向かう道すがら、ふと思い出した疑問を呟くとブランも首を傾げた。アルの足下でスライムに乗って移動しているアカツキは、周囲の魔物を警戒してあまり話を聞いていないようだ。

「リアム様の方から特に要望があったわけじゃないけど、何か欲しい物があったのかな」

『前に言っていた、道を示すというヤツだったのかもしれんな』

「ああ、そんなことも言っていたね」

リアムの正体を確かめた日。彼は『時が来た時に探求の道を示してやる』と言った。それは、自分という存在が分からないと苦悩を零したアカツキに向けた言葉だったが、同時にアルへ何かしらの意図を含めて放たれた言葉でもあった。

それを考えると、異次元回廊にアカツキと共にアルが赴くことが、リアムにとって何か利になるということだろう。その意味はまだ分からない。

「アルさぁん、どうしてそんなお喋りしながら、魔物スパスパできちゃうんです？」

いつの間にか足元で震えていたアカツキが、情けない声を上げた。

アルはブランと話しながら魔物を倒すことに慣れていたので気にしていなかったのだが、戦うことに慣れていないアカツキには些か衝撃的なことだったようだ。

「慣れですね」

『慣れだな。これくらいで弱音を吐いていたら、共に進むことはできないぞ』

ブランの言葉は少々手厳しく感じるが、アルとしても同意する。黙り込むアカツキを見てブランと顔を合わせ、肩をすくめた。

アカツキも暫く一緒に旅をすればいつか慣れるだろう。もし駄目そうなら、転移魔法でアカツキのダンジョンに送り届けるだけだ。

「この辺が境界のはずだけど、今日はこのまま進めるかな」

『さすがに、あれも改善しているだろう』

招くはずの相手を追い払ってしまうという結界を張っていたフォリオだが、さすがにアルたちの指摘を受けて改善していると願いたい。

目印にしていたココナの木から更に奥へと進むと、不意に木陰から蔦が伸びた。

「うわっ、魔物⁉　スライムッ――」

「大丈夫ですよ」

慌ててスライムを嗾けようとしたアカツキを片手で止める。

蔦は挨拶するように揺れ、傍に本体の姿が現れた。フォリオによって生み出されたプランティネルだ。

「こんにちは。今日は通っていいの？」

『挨拶が必要か？』

プランが呆れたように呟くが、プランティネルは挨拶を返すように枝を揺らし、次いで奥へ誘うように蔦を動かした。どうやらフォリオはちゃんと結界の設定を変えてくれていたらしい。

安心して一歩踏み出したところで視界がブレた。

「ふぎゃ⁉　何事⁉」

「なるほど、道のりを省いてくれたのかな」

眼前にあるのは以前見た大木の家だ。フォリオが住んでいる場所である。アルに限定して、この場所まですぐに来られるようにしていたらしい。

それにアカツキまでついて来られたのは、ちょうどアルのズボンをアカツキが握っていたからだろう。プランティネルの突然の登場に驚いたおかげだ。

『ふ〜ん、気が利くじゃないか。だが、それを事前に我らに教えるくらいはすべきだと思うが』

「まあ、そう気を回せる人じゃなさそうだし」

なにせ一人で森の奥深くに住み続けているのだ。妖精がいるとはいえ、人付き合いが上手いようには全く思えない。

「つまり、ここが、アルさんが言ってた精霊の家ですか……」

「そうですね」

アカツキの問いに頷いたところで、家の扉がゆっくり開かれた。小さな光が飛び出してくる。

『あら、やっぱりお客様よ』

『この前の人の子よ。なんか、変なのもいるわ』

コロコロと笑いながら妖精たちがアカツキの周囲を飛び回る。自身のダンジョンで話し好きの妖精に怒られがちなアカツキは嫌そうな顔だ。

扉が更に開かれ、フォリオが顔を出す。

「よく来たな。アルよ」

「こんにちは。出発の挨拶に来ました」

「ほう……？　とりあえず、お茶にするか」

フォリオが薬草を手に取ったので慌てて止めた。不味いと分かっている物を飲みたいわけがない。

「新しいお菓子を作って来たので、一緒に食べましょう。お茶も僕が用意します」

「そうか？　私のもてなしは不満か……」

『あれをもてなしだと思う方がダメよ』

『せめて果実の花蜜漬けにした方がいいわ』

「おお！　そうだな。あれはもう頃合いのはずだ」

妖精から叱られたフォリオは、アルに制止をかける暇を与えず、再び家の中に戻っていった。伸ばしかけた手を戻したアルを妖精たちが手招く。今日は外でお茶会になるようだ。


アルたちが外にある椅子に座って暫くしたところでフォリオが戻ってきた。既に机の上に準備していた紅茶に頬を緩ませ、菓子を見て首を傾げるフォリオの手には透明な入れ物。中には黄金色の蜜と色とりどりのカットフルーツが入っていた。

「お茶をどうぞ」

「ああ、ありがとう。この果実も美味だぞ」

差し出された物を手に取り蓋を開けると、ふわっと甘酸っぱい香りが放たれる。アルの膝の上に座っていたブランの目が輝いた。

『旨そうな物もあるじゃないか！』

「そうだね。少し貰おうか」

皿に出すと、光で煌めくフルーツの姿は宝石のようだった。勢いよく食いつこうとするブランを止める。ちゃんと人数分に取り分けておかないと、ブランが全て食べてしまいそうだ。

「僕が用意したのはチョコレートというものを使った菓子です。そのまま板状に固めて切った物やクリームにしてビスケットに挟んだ物、ナッツに絡めた物など用意したので、ぜひ食べてみてください」

「ほう……人間は不思議な物を食すのだな」

そう言いつつチョコレートを手に取ったフォリオが口に放り込む。暫くして大きく目を見開いたかと思うと、美味しそうに頬を緩めた。どうやら口に合ったようだ。

『この果物も美味いぞ！』

ブラン用に取り分けた皿に顔を突っ込む勢いで食べていたと思ったら、ご機嫌そうに尻尾が振られる。フォリオ作の蜜漬けをだいぶ気に入っているようだ。

アルも食べてみる。蜜の甘さとフルーツの酸味が合わさり、いくらでも食べられそうな味だった。紅茶に入れても美味しいかもしれない。

「確かに美味しいね」

「ふへぇ、蜜が果物にほどよく絡んでいて美味しいですねぇ」

「今日は変わった者も一緒なのだな？」

フォリオがアカツキを見て首を傾げる。その目は招いていない客がいることに不審そうだ。

「あ、こちらはアカツキさんです。一緒に異次元回廊に行こうかと思って連れてきました」

「おお！　行くことに決めたのか！」

アカツキへの疑問は、アルの言葉で忘れ去られたようだ。

『今、アカツキと言った？』

『どこかで聞いたことがあるわね？』

妖精たちは互いをつついて首を傾げていて、アルはその話が気になったのだが、フォリオの勢いの方が勝った。

「いつ行くのだ？　今からか？　うん、善は急げというからな。よし、私はアルを送り届ける準備をしてこよう」

アルが何も返答しないうちにフォリオが立ち上がり家へ戻っていく。止める暇もない。それを妖精たちが追った。

『……あれは、落ち着きというものを学ぶべきだろうな』

口元を蜜で汚したブランが呆れたように呟く。アカツキはポカンと口を開けてフォリオが立ち去った方を見ていた。

「せっかく用意したんだから、もっとのんびりお茶を楽しんでもいいだろうにね」

まだ湯気の立つカップを手に取り飲む。華やかな柑橘《かんきつ》の香りが鼻を抜けた。最近はフルーツティーにハマっていて、今日はレモンを搾って入れてみた。

自信作のチョコレートは、口に入れた瞬間に滑らかに溶け、濃厚な甘みがある。爽快感のある紅茶との相性は抜群だった。

『我らもこのまま向かう予定だったからいいが、後日だと考えていたらどうするつもりなのだろうな』

「そうか、って言って席に着くだけじゃない？」

カパッと開けられたブランの口にチョコレートを放り込む。ドライフルーツを混ぜ込んだ物だ。ブランの目が至福そうに細められた。

テーブルの上にはまだたくさんの菓子が並んでいる。フォリオにもっと味わってもらいたいのだが、帰ってくる頃には落ち着いているだろうか。


お茶会を終えたアルたちは、フォリオに連れられて魔の森を西に進んだ。異次元回廊の入り口はそれほど遠くないが、見つけるのは難しいらしい。

「この辺は魔物が強いですね」

倒したばかりの鹿型の魔物をアイテムバッグに仕舞う。美しい光沢のある焦げ茶の毛皮は、ギルドで売れば高値になる。アルの魔道具での活用法はあまりないが、これで上着を仕立てるのも良いかもしれない。

「そうだな。それゆえ、あまり人間が来なくて良い。近くをうろつく者がいるだけで、私は毎回出向かなくてはならないからな」

「ああ、それが入り口の管理の仕事でもあるんですね」

異次元回廊の存在を知った者を逃してはいけないという掟が精霊にはあるので、この周辺をうろつく者を逐一監視しなくてはいけないようだ。監視役と思われるプランティネルが度々現れては、フォリオに何かを報告していた。

「見えてきたぞ、あれだ」

魔物を倒しつつ歩みを進めていたアルたちの前方をフォリオが指さす。その先を見つめるも、特別目を引く物は見当たらなかった。

だが、森を漂う魔力とは僅かに異なるものを感じる。

『アカツキのダンジョンのようなものかと思っていたが、より魔の森に溶け込んだ気配だな』

「うん。あそこまで異質な感じではないね」

これは、フォリオに案内してもらわなければ見つけられなかったかもしれない。それくらい注意深く探知しないと分からないのだ。

フォリオが足を止めたのは一本の木の前だった。森にある他の木々と見た目が変わらないそれは、近づくほどに不思議な気配を強めていく。

「これは木……？　入り口はどこっすか？」

スライムに乗ったアカツキが首を傾げる。その疑問にアルも同意だ。不思議な魔力が放たれているのは分かるが、どう見ても入り口と称される物は見当たらなかった。

「入り方にはコツがあるんだ。だからこそ、この入り口に気づく者は少ない。目的があって来る者以外にはほとんど知られることがないようになっている」

そう言ったフォリオが木の幹をノックする。木の中は空洞になっているのか、やけに音が反響していた。

――トトトン。

不思議なリズムだ。それを聞いて、アルは僅かに目を細める。こういう音が、魔道具の発動条件になっている場合があることを知っていた。

アルが予想したとおり、フォリオのノック音に応答するように木の方から音が返ってくる。

――トントトトン。

先ほどのフォリオの時とはリズムが違った。その違いを考えている間に、フォリオが一度だけ幹を叩く。

――トン。

すると、木の幹が光の帯を纏い、僅かに地面が揺れた。

「ふぎゃっ……!?」

「アカツキさん、落ち着いてください」

『危険はなさそうだぞ』

スライムの上でプルプルと震えているアカツキに声を掛けつつ、木を凝視する。次にどんな変化が起きるのか、少しワクワクしてきた。そんなアルを咎めるように、ブランが尻尾を頭にぶつけてくる。

「ここから時間がかかる。まあ、のんびり待て」

そう言ったフォリオが木から離れ、呼び寄せたプランティネルの枝を椅子にして寛ぎだした。

「……え？　もしかして、結構かかるんですか？」

「開けるのに半日、閉めるのに数日か。暫く私はここで寝泊まりしなければならんなぁ」

フォリオは当然のように言うが、そんな説明は事前にしてほしかった。

木の方に視線を戻すと、僅かに上に動いている気がしなくもない。この変化を半日も待たなければならないのか。

『……暇だな。とりあえず、結界を張るべきではないか？』

「……そうだね」

これから半日となれば、開くのは夜も更けた頃になるだろう。ここで野営の準備をするべきということだ。

「俺めっちゃ、今から冒険行くぞ！　って気合い入れてたんですけど……」

先ほどまでスライムの上で震えていた癖に、アカツキが憮然とした雰囲気で言う。それに苦笑しながら、アルは野営の準備を始めた。とはいえ、ここはそう開けた土地ではないから、結界と旅用のテントを張るので精一杯だ。だが、数時間過ごす場としては、その程度で十分だろう。

空いた時間で何をしようか考えながら、アルはブランの頭を撫でた。

エピローグ

パチパチと焚火《たきび》が火の粉を飛ばす。

「お、そろそろ良い感じじゃないですか？」

「そうですね。出してみますか」

焚火にかけていた鍋の蓋を開けると、ゴロゴロと詰められた石の上にイモが転がっている。

アカツキがダンジョンから持ってきた物で、甘いイモらしい。

『旨そうな匂いがするな！』

夕食後に仮眠をとったため、今はもう夜更け。早朝に近いだろう。

夜食兼朝食にしようと焼きだしたイモが放つ香りに、ブランの体が前のめりになっていた。

その体を足で挟んで押さえつつ、イモを摑んで半分に割る。布ごしでもなかなか熱い。しっかり中まで熱が通り、割った途端に湯気と共に甘い香りが更に広がった。

「ほう、石の上でイモを焼くとは不思議なことをするものだと思ったが、なかなか美味そうだな」

「石焼き芋は最高の食べ物ですからね！」

フォリオとアカツキに割ったイモを渡し、もう一本取り出して割った半分をブランに差し出した。器用に両手で受け取ったブランが、すぐさま口をつけようとして慌てて離れる。思っていた以上に熱かったらしい。ふーふーと念入りに息を吹きかけている。

「甘いな、このイモ。ねっとりした感じも実にいい」

「うまー、これうまー」

「美味しいですね」

『はふはふ。熱いが旨いぞ！』

石でイモを焼くというのをアカツキに教えられて作ってみたのだが、想像以上に美味しい。

ブランやフォリオも気に入ったようだ。

アルは自分の分を食べ終え、暫し考える。鍋の中にはまだイモが残っているが、このまま食べるのは少し勿体《もったい》なく思える。

「そうだ……」

イモを取り出し厚めに切り、四つの皿に載せる。熱々のイモの横にミルク味の氷菓を添えて、糖蜜花の蜜を少し垂らせば立派なデザートだ。

『おお！　温度が違う物を合わせると、こんなに旨いのか！　アルは天才だ！』

「なんですぐ、こんなにアレンジ思い浮かんじゃうんですかね。美味しいから大歓迎なんですけど！　アルさんの十分の一でもいいから料理スキル欲しかった！」

「美味だ。今後イモはこうして焼こう。氷菓は……妖精に頼むか」

好評のようでなにより。アルも切り分けたイモに少し氷菓をのせて口に放り込む。口の中で冷たい物と温かい物が混じり合い、何とも不思議な感覚だ。イモと氷菓の甘みが上手く調和していて非常に美味しい。

「――お、そうこうしていたら、開いたようだ」

フォリオの言葉で背後を振り向くと、木の周囲を巡っていた光が少しずつ弱まっていた。その木の根がかき分けられ、地中に潜れるような穴が開いている。そこには階段があり、人が通るのに十分なほど広さが確保されているようだ。

「この先が異次元回廊ですか」

食べ終えて食器を片づけてから、穴の近くまで近づく。魔法で照らしても、階段の先は見えなかった。

ブランが穴の縁ぎりぎりまで近づき、ジッと観察している。アカツキはアルの足にしがみつくように、恐々と様子を窺っていた。

『ふむ。こうして開いてみると、アカツキのダンジョンと似た雰囲気があるな』

「空間魔法が使われている感じだね」

「俺のダンジョンもこんな感じに思えるんですね……。アルさんたち、よく入ろうと思えましたね？」

アカツキの言葉を聞いて、ブランと顔を見合わせる。

最初に不思議な魔力を感じて近づき、中に入ってみようと決めたとき、アルはあまり躊躇《ちゅうちょ》しなかった。

『……こいつは、変なところで好奇心旺盛だからな』

「変なところとか言わないで」

呆れた口調で言うブランを軽く睨む。自覚はあるけど、それを指摘されるのは少し嫌だ。

「さて、道は開かれた。いつでも進むと良い。きっとこの先にアルが望む物がある。――そして、アルが進みそこで得たモノが、私たちにとっても救いとなるのだ」

フォリオが厳かな口調で言う。

この先で何を得られるかなんて詳しいことは分からない。だが、先読みの乙女が予言したことが本当に事実になるならば、確かに精霊が望む結果が得られるのだろう。

好奇心を満たすついでに、その望みを叶えてやるのもやぶさかではない。

「良い結果が得られたらちゃんと報告に行きますよ」

「ああ、待っているぞ」

微笑むフォリオに笑みを返す。

『今から行くのか？』

見上げてきたブランに肩をすくめて返す。既に片づけは終え、今すぐ出発できる状態だ。先へ進むことはもう決めているのだから、ここで立ち止まる必要はない。

「行こう」

『うむ』

「うわぁ、すっごい散歩に行くみたいに決めちゃってるぅ……」

荷物を集めて担ぐアルにアカツキが遠い目で呟いていた。そのアカツキをスライムがちょんちょんとつつく。そして、伸ばした触手でアカツキの体を持ち上げた。

「うおっ!? 待って、俺、自分で乗れるから！」

スライムの上に着地したアカツキが抗議するが、スライムは全く気にした様子はなく穴の縁でビシッと行儀よく待機する。主従でのやる気具合が違いすぎて少し面白い。

「――では、行ってきます」

「ああ、アルの無事の帰還を祈っている」

フォリオに挨拶をして、肩に乗ってきたブランの頭をひと撫で。

この先に何が待ち受けているかはまだ分からない。だが、アルの胸は期待で弾んでいた。転移でいつでも戻って来られるし、信頼できる仲間もいるのだから、最低限の安全は確保されている。きっと楽しい旅になるだろう。

差し込んできた朝日に目を細め、アルは階段へと一歩足を踏み出した。

巻末ストーリー　とある人間との出会い

「――ブラン、そろそろ起きなよー」

『……ぐぅ』

「寝たふりしてないで、少しは動いたら？」

呆れた声で注意されるも、我は動く気はない。だから、眠くなくとも、寝床にだらりと横たわるのだ。

だいたい、まだおやつの時間にもなっていないだろう。我を起こすならば、貢ぎ物を用意してもらわなければ。

「もう……食べて寝てばっかりだと、まぁるくなっちゃうよ。ぶさいく狐」

『失敬な！　我の美しさは、どんなことがあろうと変わらぬ』

なんとも失礼な物言いに、反射的に身を起こして反論してしまった。

「あ、やっぱり起きてた」

声音同様、呆れた表情のアルが、目を眇めてため息をつく。

このような、他愛もない罠《わな》に引っ掛かるとは、一生の不覚である。我が『ぐぬぬ……！』と呻いていると、体がひょいと持ち上げられた。

『何をする!?』

「お洗濯だよ。せっかくいい天気なんだから、ほかほかに干すからね」

『我の寝床！』

アルは我の抗議をものともせず、寝床に敷いていたクッションや毛皮などを取り上げた。なんと卑怯《ひきょう》、悪辣な行いであるか……！

ギロッと睨むも、アルは慣れたもので、我を適当に放って作業を始める。異次元回廊に赴くため、アルにはやるべきことがたくさんあるのだ。だからといって、我の寝床を取り上げる正当性はないと思うのだが。

「料理の作り置きはしたし、装備も準備したし、寝具類の洗濯をしたら、後は――」

ブツブツと呟きながら、アルは忙しそうに立ち去る。我は昼寝を邪魔されて、行き場のない怒りを抱えているというのに、アルはなんとも呑気なものである。

『昔はもっと素直で可愛かったというのに……。我に対して優しくて、配慮もあった……。いつからこうなったのだ。人間の変化は目まぐるしい。時の流れとは、残酷なものだ……』

綺麗に清掃された床に座り込み、ガシガシと頭を掻く。抜け毛が床を汚そうと、構うものか。

「ブラン、暇なら、押し洗いするのを手伝ってー！」

洗濯場の方からアルの声がする。我はアルがいる方を睨みつけてから、顔を背けた。

『暇ではない！　勝手にやってろ！』

高貴なる聖魔狐《セントフォックス》を、召使いのように使おうとは、なんと傲慢であるか。というか、魔物が家事を手伝えると思っているところが、アルが他の人間と大きくずれた考え方を持っていることの証左である。

我は素晴らしき聖魔狐《セントフォックス》だから、家事だってできないことはないが、したいわけではない。決して、失敗から逃げているわけではない。あえてしないだけなのだ。

というわけで――。

『出掛けてくる！』

「え、どこに!?」

驚いた声が近づいてきたが、気にするものか。

身を翻して、開いていた窓から、いざ広き世界へ！

外はむわりと暑かった。だから、我は家の中で動かず、優雅に寝そべっていたのである。

少し走るだけで、熱気が押し寄せてきて不快だ。八つ当たりで魔物相手に暴れても、ただ体温が上がるばかり。せめて旨い魔物が襲って来ればいいものの、大して食べ応えのないものがほとんどで、骨折り損のくたびれ儲《もう》けとはこのことだ。

『……これならば、家でアルの手伝いをしていた方が、良かったか』

今更後悔しても遅い。暑さに負けて、すぐ帰ってきたのだと馬鹿にされるのも、なんとも悔しい。だから、せめて夕時になるまで帰るつもりはない。

『少しでも、涼しいところに……』

呟きつつ考えたのは、魔の森の奥まったところにある川だ。あの場所には、旨い蟹《かに》がいたはず。水で涼むついでに、狩りをして土産にするのもよかろう。

『ただ怠けていただけだと思われると、アルに飯を減らされてしまうかもしれぬからな』

顔を顰めながら、川の方へと方向転換する。

我にとって、最も旨い食い物は、アルが調理したものだ。そして、アルは我がそう思っているのをよく知っていて、我への罰として、飯や甘味を減らすことがある。嫌なやり方だ。

『昔はもっと優しかった……』

川で暴れながら、昔を思い出してぽつりと呟く。

出会ったばかりの頃のアルは、小さくて、細っこくて、我の腕の一振りで吹き飛んでしまいそうなほど、か弱く見えた。とはいえ、当時から一人でのほほんと森を歩き回っていたのだから、見た目とは裏腹に、能力は既に高かったのだろう。

それでも、我にとっては、愚かで弱い人間の子どもでしかなく、気に掛けるほどの存在とは見做していなかった。……いや、他の人間に比べれば、初めから多少は好意を抱いていたか。

たまに会う程度の交流が、次第に頻度が増えていき――。

『……いつの間にやら、共に旅をすることになっているのだから、不思議なものだ。いつからこんなにも、共にいることを望むようになったんだったか……』

毛を濡《ぬ》らす水をブルブルと振り払い、川の近くの木陰に身を横たえる。土産は確保したのだから、もう休んでも構うまい。

川の上を吹き抜ける風が心地よい。その気持ちよさに、自然と目蓋が重くなっていく。ゆっくり瞬きをするうちに、視界はぼやけ、ゆったりとした眠気が襲い来る。

我にとって、眠りとは最も馴染みのあるものであった。あまりに長き生の中で、我は眠りと共にあることで、あらゆる激しい感情から逃れたのだから。

ドラゴンを食った後、なんとも傲慢な神のせいで、我は魔物の理から外れ、一人で生きていくことになった。親しき者はいつの間にか去りゆき、変わらないのは我と森の景色のみ。

そのことになんの感情も抱かぬほど、我の情は薄くなかった。

悲しみも、怒りも、憎しみも。我を焦がす思いはいくらでもあれど、救いはない。どれほど嘆こうと、苦しもうと、我の運命は悪辣なる神により定められてしまったのだ。

ゆえに我は眠りを選んだ。うつらうつらと微睡みながら、永遠が過ぎていくことを望んだ。眠りは我に安寧を齎し、我はその状態に満足していたはずだった。

『――アルに会わなければ、我はまだ、あの森で微睡んでいたのだろうな……』

眠りの中にあることは幸せだった。だが、今のような喜びは感じられなかっただろう。

アルは口うるさく我を叱りつけるし、そのくせ魔道具作りにはまると、寝食忘れて没頭する馬鹿なヤツだ。

それでも、我はアルの傍にいることを選び、その決断を後悔していない。アルは我にとって大事な存在だからだ。幸せを齎してくれる存在だからだ。

『……ふっ、我も馬鹿になったものだ』

人間なんてものに情を傾けるなど、魔物の本能に反している。だが、魔物の理から外れた我には、相応しい生き方なのかもしれないとも思う。

いつか来るだろう別れは、我にとってあまりに馴染み深きものだ。その悲しみを知っていても、今を手放すことの理由にはならない。限られた時を共に生き、幸せを蓄えていれば、それからの長き生は、思い出と共にまた眠ればいいだけだ。

ただ一つ、現在不満に思うのは、アルが図太く育ってしまったことだけである。どこで教育を間違えたのか。

アルが聞いたら、憮然とした顔で「ブランに育てられたわけじゃない！」と怒り出しそうだ。容易《たやす》く想像できる光景に、思わず笑ってしまうのと同時に、眠気が限界に達する。

『……久しぶりに、幼い頃の、可愛いアルに、会いたいものだ――』

◇◆◇

今は遠い森の景色。いや、今とは、なんであろうか。僅かに混乱しながらも、周囲を見渡して首を傾げる。生まれ育った、慣れ親しんだ森である。

『――ああ、そうだ。久しぶりに目が覚めたのか……』

いつも通りの静かな寝床に気づき、くわりと欠伸をする。普段は憂鬱な目覚めが、やけに爽快だった。まるで夢の中にいるような心地だ。

起きてすることもないので、再びゆるりと身を横たえ、目を伏せる。

我は気高く美しき聖魔狐《セントフォックス》である。聖魔狐《セントフォックス》は多種多様な魔物の種の中でも、極めて特殊な種族だ。

特殊とされる理由として、真っ先に挙げられるのは、聖魔法を使えることである。聖魔法とは、傷や病を癒《いや》す魔法。魔物の中で、聖魔法を使えるのは、聖魔狐《セントフォックス》以外には存在しない。

我ら聖魔狐《セントフォックス》が聖魔法を使えることは、人間世界でも広く知られていることである。そのせいか、まるで神の使いのように崇《あが》められることもしばしばあり、我は正直辟易している。高貴な聖魔狐《セントフォックス》を、神の下僕なんぞと見做すとは、人間とは本当に愚かな生き物だ。

聖魔狐《セントフォックス》が特殊とされる理由は他にもあり、高い知能を持ち、様々な魔法を使いこなすことや、変幻自在に大きさを変えられることなどが挙げられる。

とはいえ、我にとっては、特殊だからなんだという話だ。我はただ聖魔狐《セントフォックス》として生きるだけである。たとえ、我自身が、既に聖魔狐《セントフォックス》の括《くく》りから外れていようとも――。


『――チッ、嫌なことを思い出した！』

我の生を歪めた存在が脳裏に浮かび、思わず舌打ちが零れる。思い出したくないから、どうしようもない感情に煩わされたくないから、我は唯一の救いである眠りを貴んでいるというのに、なぜ目覚めは訪れてしまうのか。

我は長い時を生きてきた。自分がどれだけ生きているのか、もはや把握することはできない。ほとんどの時間をうつらうつらと眠って過ごしてきた。この森で、我の眠りを妨げる命知らずはいない。

だが、その安寧はいつも不意に壊されて、我を現実へと追いやる。


『寝るぞ。我は寝るんだ！』

誰に宣言するでもなく、喚きながら強く目を瞑《つぶ》る。こうしていれば、いつかは安寧へと誘われることを、我は経験で知っていた。心を荒立てる憤りも、眠りと共に鎮まるのだ。

不意に空気が動いた。

『――ん？』

草木の香りが混じった温かい風が、鼻先を擽《くすぐ》る。

その風に、何か甘い香りが混じっていた。馴染みのある花の香りでも、好んで食べる果物の香りでもない。香ばしいくせに、ふんわりと甘い香りである。

何故か、心が満たされるような心地がした。

『……なんだ？』

香りが気になり、体がそわそわと落ち着かない。どうにも眠る気が起きなくて、仕方なく身を起こした。鼻先を上に向け、空気の匂いを嗅ぐ。人里に近い方から、甘い香りが漂ってくるのが分かる。

『ぐぬぬ……』

気になる。だが、これにつられるのも、どうなのか。我は眠りたかったはずなのだ。

迷った末に、興味に負けてそちらに駆けた。確認してから寝る方が、心置きなく安らかでいられる気がしたのだ。

香りの元までは、我にとっては瞬きの間に着くような距離だった。

そこでは、一人の人間が食事をしていた。結界を張っているようだが、この程度の結界、我ならば容易く破れるだろう。

この森で食事をとる者がいるとは、驚きである。昼間は夜ほど危なくないとはいえ、この森には危険な魔物がたくさんいるのだ。この人間は、そのような危険すら理解できない愚か者か、それとも全てを薙《な》ぎ払《はら》えるほど強き者か。

そう思いながら、茂みに身を潜めて、人間を観察した。

愚かな人間は嫌いだ。関わりたくない。だが、旨い匂いのする食い物は気になる。あわよくば、食い物を置いて、人間が立ち去らないだろうか。

そのような我の思いを察したわけではないだろうが、人間がきょろきょろと周囲に視線を彷徨《さまよ》わせた。

今気づいたが、この人間は我が知る者よりも、だいぶ小さくて細い。食い物が足りていないのかと疑ってしまうほどに。いや、人間の食事なんて、我が気にすることではないのだが。

……愚か者と同様に、か弱き者も嫌いである。どれだけ愛を注ごうと、か弱き者は我を置き去りにして、あっさりと命を落としてしまうから。

眉間に皺を寄せて、悶々《もんもん》と考えていると、不意に視線が向けられた気がした。

人間は甘い匂いのする食い物を手に取り、口に運ぼうとしている。我は思わず、人間が持っている食い物を目で追った。

旨そうな食い物を独り占めしようとするとは、この人間はズルい。我も食いたいというのに。というか、全部寄越せ。

自然と口の中に唾液が溢れた。口の端から零れそうになる涎を、無意識の内に舐めとる。だが、次から次へと溢れてくるから切りがない。どうしてもあれを食べたくて仕方ない。だが、小さい人間から食料を奪うというのは、些か憐れでもある。

我が欲と葛藤していると、何故か人間が口元を押さえて肩を震わせていた。笑っているのだ。何がそんなに楽しいのだろう。人間の感性は理解できない。

「……君、お腹が空いてるの？」

不意に人間が喋った。というか、問いかけてきた。

まさか我の他に誰かいるのかと、念のため確かめたが、やはりいない。我の感知能力から逃れられる存在はそうそういないのだから、当然だ。しかし、人間が我に話しかけてきたとは驚きだ。魔物に語り掛ける人間なんて、初めて会った。

こいつは言葉が通じると思っているのだろうか。我は高貴なる聖魔狐《セントフォックス》だから、言葉を理解できるのは当然だ。だが、人間がそのことを知っているとは思えない。人間と交流のある聖魔狐《セントフォックス》なんていないのだから。

「……君、聖魔狐《セントフォックス》か。この森にいたとは知らなかった」

我を見て驚く人間を鼻で笑う。我に気づいたならば仕方ない。この世は弱肉強食が常である。弱き者は強き者に奪われるのが運命。この人間を襲って、食い物を奪うことにしよう。

少しばかり胸を過る痛みを無視して、足に力を入れる。結界を破り、儚い命を一瞬で刈り取るために。痛みさえ感じさせることなく、我が糧にしてやろう。それがせめてもの慈悲である。

「――これ、食べる？」

不意に、人間が何かを差し出してきた。あまりに突然で、思わず動きが止まってしまう。不自然な体勢で固まる我を、人間は穏やかに目を細めながら見つめていた。

我が怖くないのだろうか。何故泣き喚き、助けを求めない。怯え、震えるのが人間ではないのか。この人間を見ていると、腹立たしいような、嬉しいような、なんとも複雑な思いが湧き上がってくる。

だが、何故だかホッとしたのを強く自覚した。襲わなくてもいいのだと、魔物らしくなく思ってしまった。

人間が差し出したのは、我が探していた甘い匂いの元だ。それを差し出してくるなんて、何かの罠か。だが、こんな人間の仕掛ける罠なんて、我ならばいくらでも躱《かわ》せる。

気づいた時には、我は既に人間の傍にいた。くれるというならもらってやろうと、ぽかりと口を開ける。

人間は楽しそうに微笑んで、結界を解いた。これが人間の微笑みなのだと、我は初めて知った気がした。

「美味しい？　それ、魔の森産の果物を乾燥させたのを使って作った、クッキーだよ。確かフランベリーっていう名前の果物だったはず」

いつの間にか、口の中に香ばしく甘いものがあった。サクサクしていて、今まで食べたことのない食感と甘さだ。人間が言う通り、果物の酸味と甘みもある。果物は水分が少なくねっとりとしていて、それもまた旨い。

そう、旨いのだ。我がこれまで食ってきた物よりも、驚くほどに我の心と腹を満たす。ほんの小さな食い物のくせに、どうしてこれほどまでに満足感があるのか。

『……旨い』

思わず思念で呟いていた。何故人間に分かるよう話しかけてしまったのか、我自身にも分からない。だが、後悔はしていなかった。

「え……、君、喋れるの？」

驚く人間にわざとらしく牙をむく。それなのに、全く怯える様子を見せない人間が、憎いやら面白いやら。いっそ笑い出したくなってしまうほど、この人間はおかしな生き物だった。危機感が存在していないのだろうか。

見た目はか弱いくせに、そこはかとなく強さを窺わせる人間に、興味が惹かれた。

それにしても、この人間は何を当たり前のことに驚くのだろう。我は高貴なる聖魔狐《セントフォックス》。人間の知能に合わせて思念を送るなど簡単だ。

いや、人間はそのようなことを知る由もないのか。この人間が、聖魔狐《セントフォックス》を知る初めての人間になるわけだ。それは、なんとも面白い。

その辺の有象無象の魔物の如《ごと》く扱われるのは不愉快だが、今日は旨い食い物をもらったし、なかなか興味深そうな人間だし、襲うのはやめておこうか。

『……我は聖魔狐《セントフォックス》。人に合わせて思念を送ることは簡単だ』

「へぇ、やっぱり聖魔狐《セントフォックス》なんだ。でも、随分小さいね？」

『うむ。大きいと森の中を移動するのに不便だろう？　我は変化で大きさを変えられるのだ』

興味津々な様子で尋ねてくる人間は、なんと純粋で可愛らしいものか。森を練り歩き、魔物を倒すいかつい人間たちとはまるで違う。頑是ない子どものようで――。

『……あぁ、子どもなのか』

不意に理解した。この人間が小さいのは、子どもだからなのだ。

だが、不思議に思う。子どもとは守られるべき存在だ。その価値観は魔物も人間も、同じのはずなのだ。それなのに、何故この子どもは一人で危険な森の中にいるのか。

ぞわりと毛が逆立つ。溢れだす不快感をすんでのところで抑えた。この感情は、この子どもに対して抱いたものではない。守るべき子どもを放置している者への憤りである。

魔物が人間を思って苛立つなど、笑えるほど馬鹿げたことだ。だが、どうしても、この子どもが一人ぼっちでいることが許せなかった。

「はい」

不意に鼻先に甘い匂いが迫る。あまりに突然で、憤りさえ忘れて、きょとんと見つめた。

子どもが差し出してきたのは、クッキーと呼んでいたものだ。我を幸福で満たすもの。反射的に口を開けると、間をおかず甘さが広がった。何度食べようと、この旨さは変わらない。なんとも幸せで、満たされる——。

「……ふふ、甘いものが好きなんだね」

『うるさい』

子どもが微笑むと、我の胸が温かくなる。

撫でたそうにしていたので、近くで伏せてやった。子どもは躊躇った様子だったが、暫くして、おずおずと我の背を撫でる優しい感触がする。

遥か昔に、母に毛繕いをされた記憶を思い出した。我が幸せな子どもで、何もかもが自分の思い通りになるのだと、妄信する愚か者だった頃。

過去の記憶は、我に郷愁と鈍い痛みを齎す。だが、忘れ去ることなど考えられないほど、大切だった。

「……柔らかいなぁ」

子どもの呟きで、フッと現実感が戻ってくる。子どものぎこちない仕草と、母の手慣れた仕草を重ねてしまうなんて、今日の我はどうかしている。

自分に苦笑してしまいながらも、子どもの嬉しそうな声を聞いてしまえば、優しい手を払いのける気にはならなかった。

『我の自慢の毛だからな』

「そっか、暖かいな……」

なにか複雑な感情が子どもの声に滲む。その感情を読み取ることはできなかったが、なんだか胸が締め付けられるような心地がした。

仕方ないから、今暫くはこの子どもに撫でられていてやろう。有り難く思うがいい。


我と子どもの交流はそれからも続いた。子どもはアルと名乗り、我にブランと名付けた。名なんて、我には必要のないものだと思っていたが、驚くほど嬉しく感じた。

ある時、アルは悲しい声で言う。

「……人間と過ごすより、森の中でブランと一緒に過ごせたら、もっと自由で快適な生活なんだろうなぁ」

我はその顔を横目で見て、心に決めた。いつかアルが人間の世界から逃げることを決めたならば、我がその隣にいてやろう、と。

孤独であることを定められていようと、二人でいれば寂しくない。むしろ、楽しく幸せな生き方だと思わないか――?

◇◆◇

不意に目が覚めた。目の前には静かな川。日はだいぶ暮れてきて、森が橙色《だいだいいろ》に染まっている。

ここは我が長年親しんだ森ではない。アルと共に暮らす、ドラグーン大公国近くの魔の森だ。

『……懐かしい夢を見た』

アルとの出会いを振り返るような夢だった。

寂しい子どもだったアル。それが今や、我を叱りつけるほどしっかりして、毎日を楽しそうに過ごしている。

『旅に出たのは、良いことだったのだな。可愛げがなくなったのは、成長ということにしておこうか……』

悲しげであるよりも、今のアルの方がずっと幸せそうで、我にとって好ましい。口うるさく叱られるのは時に煩わしいが、それさえも、いつの日か振り返った時に、懐かしく愛《いと》おしく思うのだろう。我が今、子どもの頃のアルとの交流を大切に思い出しているのと同じように。

そうであるならば、我は今を愛そう。限りある時を、精一杯楽しもう。旅が終わるその時まで――。

『帰るか』

傍らにある土産を摑み、空を駆ける。一目散に向かうのは我が家。

光が灯った部屋に飛び込むと、アルが我を見て、腰に手を当てた。なんだか少し怒っている様子だ。

「もう、どこまで行ってたの？　帰って来るの遅い！」

『川だ。土産を持ってきたぞ！』

外に置いたものを鼻先で示す。アルは呆れた表情をしつつ、仕方なさそうにため息をついた。

「また蟹を取ってきたんだね。美味しいからいいけど、外に放置は駄目でしょ」

ブツブツと文句を言い、アイテムバッグを片手に、アルが外へ向かう。その肩に跳び乗って、頰に顔を擦り付けた。

『……我に放っておかれて寂しかったか？』

「何言っているの。ブランが一人で出掛けるのは、よくあることでしょ。今更そんなこと思わないよ。それに、僕は今日、ブランと違って忙しかったし」

なんとも可愛げのないことを言う。ぐりぐりと頭を押し付けてやったら、「痛いよ、やめて！」と抗議された。だが、少し楽しそうだ。我の毛は気持ちよかろう？

『明日には、異次元回廊へ行くのか』

「……うん、そのつもり」

我の土産を回収して、家に戻る。家の中はいい匂いが満ちている。今日の夕食はなんだろう。

『我と共にいるならば、何があろうと大丈夫だ』

呟くと、アルは何故か我をまじまじと見つめた。

「……なんか、変な感じ」

『変とはなんだ!? 失礼だな！』

ちょっと感傷に浸っていただけだというのに、アルのこの言い様はなんなのだ。やはり昔の可愛げを、少しは取り戻してほしい。

そう思いながら頭突きをしていると、体を掴まれてソファに放り投げられた。この粗雑な扱いも、改善を求める！

「……僕だって、ブランといれば、何が起きても大丈夫だって、思ってるよ」

小さな声だった。思わず振り仰いだ時には、アルは夕食の仕上げに向かっていて、背中しか見えない。

なんだか胸がほかほかと温かい。

初めて出会った時にもらったクッキーは、我の心を温めて満たした。今はアルが傍にいるだけで、我は満足で幸せだ。

我が愛《いと》しき子。共にあるべき相棒。その命が終わるその時まで、我の庇護《ひご》の下、好きに生きるがいい。それが我にとっての幸せで、楽しみでもある。

『アル！ 旅とは楽しいな！ 明日からは、もっと楽しむぞ！』

「突然だね。ブラン、やっぱり今日は、テンションがおかしいよ」

呆れたように言いながら、くすくすと笑うアルの肩に、我は再び跳び乗った。「重い。邪魔」なんて可愛くないことを言われるが、下りるつもりはない。

我はここにいるのが好きなのだ。アルと同じ目線で、同じ景色を楽しむことができるから。

ここにいられる権利を、我は誰にも譲りはしない。

これからも、我はここから、アルと共にこの世界を楽しんでいくのだ。

あとがき

本書をお手に取っていただきまして、誠にありがとうございます。

まさか四巻をお届けできることになるとは……！　誰よりも私が驚き、喜んでおります。全ては応援してくださる皆様のおかげです。心から感謝申し上げます。


本巻では、アルたちはドラグーン大公国や魔の森での暮らしを楽しみつつ、少しばかり厄介事に関わることになっております。追手を撒《ま》いたり、帝国皇子と話したり、精霊と出会ったり——アルの人間関係が広がる話でもありますね。

交流が広がることで、アルがどのように感じ行動していくのか。その点を楽しんでいただけましたら嬉《うれ》しいです。

もちろん、アルたちの物語の醍醐味《だいごみ》は美味《おい》しそうな料理の数々ですので、こちらも楽しんでいただきたいです！　アカツキが推す和食やスイーツなど、多種多様な料理をアルが作ってくれています。日本で暮らしている私より、とっても贅沢《ぜいたく》な食事（笑）正直、書きながら羨ましくなってしまいました。お金を気にせず食べられるって、いいですよね……。

本巻での私のお気に入りシーンは、精霊の料理です。ファンタジー感満載で、きっとアカツキも見たかった光景でしょうね。アカツキは典型的な魔法使いが好きなようなので。アルにとっては「魔力の無駄遣い」以外の何物でもないようでしたが、ファンタジー好きとしては心擽《くすぐ》られます。

アルたちの物語の魅力を語る上で、イラストの美しさを忘れることはできません！　もしかしたら、最大の魅力なのかも……？

アルの美少年っぷりも、ブランのモフモフ感も、見る度に見惚《みと》れてしまいます。そして、とても癒《いや》されます……！

二人の温かな関係性が表れた、素敵なイラストを描いてくださったひげ猫様、誠にありがとうございます！

そして、最後になりましたが、本書に携わってくださいました皆様に、感謝申し上げます。

皆様のご尽力により、本書を読者の方々にお届けすることができました。本当にありがとうございました。

秋の夜長。本書が、読者の皆様の楽しみの一つとなることを願って――。

ゆるり

電撃の新文芸

森《もり》に生《い》きる者《もの》4

～貴族《きぞく》じゃなくなったので自由《じゆう》に生《い》きます。莫大《ばくだい》な魔力《まりょく》があるから森《もり》の中《なか》でも安全快適《あんぜんかいてき》です～

著者／ゆるり

イラスト／ひげ猫《ねこ》

2023年10月17日　初版発行

発行者／山下直久
発行／株式会社ＫＡＤＯＫＡＷＡ
〒102-8177　東京都千代田区富士見2-13-3
0570-002-301（ナビダイヤル）
印刷／図書印刷株式会社
製本／図書印刷株式会社

【初出】……………………………………………………………………………………………
本書は、カクヨムに掲載された『森に生きる者 ～貴族じゃなくなったので自由に生きます。莫大な魔力があるから森の中でも安全快適です。』を加筆、訂正したものです。

ISBN978-4-04-915031-5　C0093　Printed in Japan

ファンレターあて先
〒102-8177
東京都千代田区富士見2-13-3
電撃の新文芸編集部

「ゆるり先生」係
「ひげ猫先生」係